IENA

7

Neo Edizioni
Via Volturno, 2
67031 – Castel di Sangro (AQ)

info@neoedizioni.it
www.neoedizioni.it

I edizione: maggio 2013
ISBN: 978-88-96176-16-0

IL GIORNO CHE DIVENTAMMO UMANI

racconti di Paolo Zardi

Imola, 25 gennaio 2014

A Marina,

la lettrice che
ogni scrittore vorrebbe
avere.

Grazie!

PZ

NEO.

A mia madre

"Soggetto del presente volume è la parte che i lombrichi hanno avuto nella formazione dello strato di terra vegetale che copre tutta la superficie della crosta terrestre in ogni contrada discretamente umida."

Charles Darwin

Domenica pomeriggio

È risaputo che le puttane di colore non danno mai il culo: quando glielo chiede loro rispondono *froscio vaffanculo*, con la *r* arrotata da ex-colonia francese, la *sc* un po' biascicata, e tutto il resto con la scontata inflessione gutturale; oppure, se sono allegre, urlano *inculati tua mama*, e poi scoppiano in una risata sguaiata. Sono tradizionaliste: bocca figa 30 euro. E lo sapeva anche lui, mentre una domenica d'estate, poco prima di pranzo, girava tra le strade della zona industriale di Padova in cerca di qualcuno da scopare.

Era stato sposato, tanto tempo prima, e poi aveva divorziato in malo modo; aveva quindi provato ad instaurare una relazione con una donna rimasta vedova da poco, ma non aveva funzionato – lei continuava a entrare e uscire da una depressione piena di alcol, chimica, grandi inconsolabili pianti. Arrivarono a mettersi le mani addosso; si separarono a forza di sberle e abbracci, e lui rimase solo. Fino ad allora, i suoi rapporti sessuali erano stati strettamente legati alla sua vita sentimentale; e anche quando si erano fatti rari, o perfino assenti, parlavano dell'amore che c'era, o non c'era più, tra due persone unite da mille altre cose. Ora, la sua attività sessuale si era posizionata tra gli altri atti organici – mangiare, dormire, urinare, defecare, bere; ad essa si dedicava come fosse una prescrizione medica: due volte alla settimana, con il preservativo. Mercoledì era stato con una rumena anoressica, probabilmente fatta, che quasi era svenuta mentre lui la scopava. Questa volta cercava una donna che potesse bilanciare quell'esperienza un po' tetra. Dietro al capannone di un'azienda di impianti frigoriferi c'era una moldava, o una russa – una dell'est: pelle trasparente, fronte grande, naso e occhi piccoli, mani grosse, una solidità contadina. Camminava su tacchi altissimi, come un trampoliere. Ne aveva vista un'altra davanti al rivenditore delle BMW: un po' tarchiata, ma con i capelli lunghi, lisci, biondi. Non gli era chiaro come avvenissero le sue scelte: cercava la varietà, così come faceva con il cibo, ma la donna che tirava su in macchina finiva per coglierlo comunque impreparato. Andò a fare benzina; accanto alla pompa c'era una ragazzina di colore, i capelli raccolti, un paio di fuseaux attillati, le scarpe dell'Adidas, un iPod attaccato alla felpa gialla. Chiese quanto voleva. Trenta euro bocca figa. Per il culo? Cento. Lo sorprese: possibile? Non aveva mai capito perché le donne di colore fossero così contrarie alla sodomia: in Occidente, la penetrazione anale era una pratica ormai accettata, come una piccola, eccitante trasgressione. Aveva sodomizzato sua moglie, in viaggio di nozze, dalle parti di Capri; aveva sodomizzato la vedova depressa mentre era completamente ubriaca, e il figlio piccolo di lei dormiva nella camera accanto. Nessuna delle due si era opposta; in entrambi i casi gli era sembrato un gesto di complicità tra due persone adulte. Ma le puttane di colore non gli avevano mai dato il culo; qualche volta ci aveva provato, facendo scivolare con non-chalance il pene dalla parte sbagliata, ma non c'era mai stato verso: sberle, pugni, urla. Ora, però, quella ragazza scura era disposta a farsi sodomizzare per cento euro. Forse, si disse, era mulatta.

Trattò. La portò a sessanta. Lei montò in macchina mugugnando. Sapeva di vaniglia e sudore. Con un un'unghia finta e spezzata gli indicò una stradina che si perdeva in mezzo ai campi, sotto gli argini del Brenta. Si fermarono in una piazzola abbandonata; sotto un cancello divelto un cane acciambellato dormiva immobile – o forse era morto, e stava aspettando di trasformarsi nella sabbia chiara che lo circondava. Lei reclinò il sedile, e si sfilò i leggings. Non aveva le mutande. Lui si abbassò i pantaloni e le fece cenno di avvicinarsi. Le spinse la testa su e giù, tenendola saldamente per la nuca, per due minuti. Quando fu pronto, si mise il preservativo, le chiese di mettersi a pancia in giù sul sedile, e le montò sopra.

La penetrazione fu più complicata del previsto. Lei, evidentemente, non aveva una grande esperienza. Secondo lui, era sbagliata l'inclinazione con la quale lei gli offriva il buco. La spostò un po' più su, poi un po' più giù. Pesava poco, a muoverla. Lei lo guardava di sghembo, il viso rivolto a destra, la guancia un po' butterata, l'occhio vigile, un orecchio circondato di ciondoli d'oro; con le mani, allontanava tra loro le natiche gonfie e scure, ed era goffa come una ragazzina. Quando riuscì a penetrarla, lei gridò di dolore. Lui non si fermò, ma spinse più forte. Lei cercò di farlo uscire; lui la bloccò con il peso del corpo. Spinse il braccio destro all'altezza delle sue scapole, mentre con l'altra mano le teneva ferma la testa, per i capelli. Più lei si dimenava, più lui spingeva. Lottarono silenziosamente nello stretto spazio dell'abitacolo della macchina, per un minuto; infine, lei si arrese: smise di muoversi, e iniziò a piangere, sommessamente, come un vitellino. Il viso schiacciato sul sedile soffocava i singhiozzi. Lui lasciò un po' la presa, per farla respirare meglio; continuò ad andare su e giù, dentro di lei, fino a quando venne, con un colpo di tosse. Si tolse da lei, e tornò al posto di guida.

Il preservativo era sporco di sangue. La ragazza, ancora a pancia in giù sul sedile reclinato, continuava a piangere; si toccava con le mani dietro, poi si guardava le dita insanguinate, e chiudeva gli occhi, in una smorfia che mescolava paura, orrore, e qualcosa che non si capiva. Lui prese i fazzolettini che teneva nel cruscotto, e glieli porse. Buttava fuori un bel po' di sangue. Lei fece una specie di palla di carta, e se la infilò tra le natiche. Poco dopo, con un gesto gli chiese altri fazzoletti; rimanendo distesa, aprì la portiera e buttò fuori quelli vecchi – un grumo di carta insanguinata. Non smetteva di singhiozzare, e quei singhiozzi avevano una dignità che a lui parve antichissima. Lui si sfilò il preservativo, lo annodò, aprì il finestrino dal suo lato e lo lanciò lontano. Si vedeva l'aria tremolare per il caldo; il cane era ancora immobile; la terra era gialla, arsa, ricoperta dagli scheletri secchi di altri preservativi. Era così, l'Africa? Il desiderio si era spento miseramente, come se non gli fosse mai appartenuto; erano rimasti i grilli che frinivano con una frenesia senza senso, l'odore caldo di feci che veniva da dentro la macchina, il pianto della ragazza. C'era qualcosa in quella natura morta che li circondava, nel dolore che aveva provocato, nel piacere che aveva raggiunto con la forza, e che poi era sparito, c'era qualcosa che pareva andare oltre quel momento, quel luogo, quei loro corpi l'uno vicino all'altro per caso; ma gli sfuggiva il senso, come una parola che non viene in mente, un ricordo dai contorni sbiaditi, un'amarezza senza motivo. Era il barlume di una comprensione profonda e misteriosa, che subito si spense.

Non c'erano più fazzoletti; si pulì le mani sporche di sangue con il panno di daino che il sabato mattina usava per asciugare i vetri della macchina, all'autolavaggio. Lei si rimise seduta; si infilò i leggings tenendo gli occhi bassi. Lui mise in moto la macchina e partì, facendo attenzione alle buche; lei guardava fuori, con il viso appoggiato sul vetro, e piagnucolava come un bambino: singhiozzi profondi, moccio al naso. La lasciò dal benzinaio dove l'aveva presa. Le diede dieci euro in più, come per scusarsi.

Mentre lui rimetteva in moto il motore, lei piegò i soldi e li infilò in una tasca della felpa; mentre si allontanava, lei si asciugava le lacrime con il dorso delle mani – lui la guardava nello specchietto retrovisore, e gli sembrava di aver fatto qualcosa di male a qualcuno che non lo meritava. Ma era già ora di pranzo. Pensò che gli sarebbe piaciuto avere dei figli da andare a trovare, la domenica – ma non ne aveva mai avuti. Trovò un McDonald, e ci si buttò dentro, a mangiare panini e patatine; poi, con la pancia piena, si sedette su una panchina davanti alla tangenziale, a guardare i camion passare, come un cane che, sotto il sole di una domenica d'estate, aspetta di diventare sabbia.

L’ultima sigaretta

Il 26 settembre 2009, intorno all’una e un quarto della notte, mentre fuori un cielo pieno di nuvole scure si chiudeva intorno a Padova, lui, disteso sul letto matrimoniale in stile futon, accanto al sonno profondo di sua moglie, fu scosso da un attacco improvviso e violentissimo di tosse: con gli occhi sbarrati sull’oscurità della camera, sperimentò l’antichissimo terrore dell’asfissia. Quando riprese a respirare, si alzò, barcollò fino al bagno, entrò in quel buio, appoggiò le mani ai bordi del lavandino, e riprese a tossire. Quando smise, e accese la luce, vide che la porcellana bianca, il rubinetto, il bordo del bicchiere con i quattro spazzolini, erano ricoperti da minuscole goccioline rosse. Rimase fermo per qualche secondo. Udì sua moglie muoversi nel letto, come se si stesse sistemando le coperte sulle spalle, e tornare immobile. Con un po’ d’acqua pulì il lavandino; si asciugò le mani; si bagnò la fronte, le guance, il collo. Lo specchio davanti gli mostrava l’immagine del volto di un uomo di mezza età, un po’ stempiato e pieno di paura; sotto, scorrevano i sottotitoli: cancro ai polmoni, a quarantadue anni. Aveva iniziato a fumare a quattordici anni e mezzo, a scuola, in ottobre, durante l’intervallo: la prima sigaretta – una Merit – gliela offrì un suo compagno di classe che rubava alla madre i soldi per comprarsele. Nel giro di qualche anno, arrivò a un pacchetto al giorno. Sua moglie insisteva perché smettesse; se lo faceva promettere ogni capodanno, mentre facevano tintinnare i bicchieri pieni di spumante. Lui avrebbe voluto, ma non ci riusciva. Ci provava, ma riprendeva quasi subito. Il cancro tutto sommato gli sembrava un'eventualità piuttosto remota – qualcosa che poteva succedere solo agli altri, come quei fulmini che d'estate colpivano pastori a caso, in campagna, di notte. Ma il sangue sul lavandino del bagno gli apparteneva in modo inequivocabile. Si passò una mano tra i capelli. Non era mai stato così vicino alla morte. Chiuse gli occhi. Il petto gli faceva male. Riaprì gli occhi. Pisciò tremando. Nella vasca da bagno erano rimasti i giocattoli dei bimbi: un dinosauro, una macchina delle Hot Wheels, una piccola Winx con le ali. Spense la luce. Il silenzio del condominio sembrava un rombo lontanissimo, appena percettibile. Prima di tornare in camera, si fermò davanti alla stanza dei bambini, e gettò uno sguardo su quel buio caldo e pieno di respiri: nella penombra, vide che il grande aveva gettato a terra il copriletto e ora stringeva tra le gambe un enorme cane che avevano comprato all'Ikea, qualche mese prima; la piccola teneva le braccia aperte, la bocca spalancata, gli occhi chiusi: cosa stava sognando, quella creatura di quattro anni? Ebbe un brivido profondo lungo la schiena: presto, quei due piccoli avrebbero perso il padre, e lui, avrebbe perso loro per sempre.

La mattina arrivò lentamente. Alle cinque era ancora buio, e pioveva forte; alle sei la luce bianca dell'alba iniziò ad infilarsi tra le tapparelle: lui si alzò dal letto, andò in cucina, guardò giù: foglie gialle e gonfie galleggiavano nelle enormi pozzanghere che riempivano la strada; tornò a letto, cercando di dormire. La sveglia dei vicini suonò alle sei e mezza, e fu subito spenta: una dimenticanza. Alle sette sua moglie sbadigliò, alle sette e quattro sbadigliò di nuovo, poi, si svegliò, un pezzo alla volta. Quando lei aprì gli occhi, lui le raccontò cos'era successo quella notte; lei minimizzò, o cercò di farlo. I bambini si svegliarono alle otto e un quarto, e si infilarono nel lettone. La piccola, tutta rosa nel suo pigiama di *Hello Kitty*, gli prese il viso tra le minuscole mani, e gli baciò una guancia con uno schiocco – lo faceva tutte le domeniche. Al grande, che aveva sei anni, e che era particolarmente orgoglioso del suo pigiama di Ben 10, mancava un dente davanti; sua moglie gli fece un po' di solletico per vedere quel sorriso sbilenco pieno di simpatia. Quelle calde tenerezze, quell'intimità senza ombre che accompagnavano tutte le loro domeniche mattine, come un rito fondativo della famiglia, ora gli straziavano il cuore. Come avrebbe salutato quei bambini? Con quale coraggio? Nella luce vivida di quella mattina autunnale, gli fu chiaro che il senso della vita gli era sempre sfuggito; e quella consapevolezza disarmante e insostenibile era un dono che la morte gli anticipava, come una specie di risarcimento.

Ma non era cancro: la morte non aveva puntato il dito contro di lui. Due settimane dopo quella notte, un dottore sulla sessantina, con lo sguardo di chi aveva visto troppo dolore per poter essere ancora felice, gli disse che non aveva nulla: nulla. Gli avevano fatto i raggi X, una TAC, due ecografie, dieci pagine di esami del sangue, urine, palpazioni, ispezioni – il suo corpo era passato da un lettino all'altro, osservato da medici sempre diversi. Nulla. Le sue cellule continuavano a riprodursi con i ritmi consueti. Il sangue che aveva sporcato il lavandino durante la notte tra il 26 e il 27 settembre probabilmente era la meccanica conseguenza di una tosse particolarmente violenta. Ma doveva smettere di fumare: questo glielo dissero tutti. Era ancora abbastanza giovane perché l'interruzione immediata di quello *stupido* vizio sortisse qualche effetto. *Lei non avrà quarant'anni per tutta la vita,* gli disse il medico sessantenne, *ci pensi.* E a lui, quasi nudo sui lettini gelidi di quei gelidi dottori, venne una grandissima, improvvisa voglia di nipotini, di Natali trascorsi con i suoi figli ormai grandi – voleva assolutamente conoscere le famiglie che avrebbero avuto. Di chi si sarebbe innamorata la piccola? Suo marito sarebbe assomigliato a lui? E il grande, che a sei anni mostrava già un senso quasi paterno verso sua sorella e i suoi compagni di classe, che genitore sarebbe stato? Lo vedeva alto, con una barba che adesso era impossibile immaginare, e un bambino sulle spalle; sorridevano entrambi, e al piccolo, mancava un dente. Quando finì tutte le visite, e fu finalmente graziato, promise a sua moglie che non avrebbe più fumato. Il pacchetto che aveva comprato il 26 mattina, al negozio di tabacchi vicino a casa, rimase chiuso in un cassetto della scrivania nello studio, come un'alternativa alla quale si era detto di no. Gli pareva che in quella prigione di legno fosse rinchiusa la morte.

Resistette. Mise su l'inevitabile decina di chili, che però in parte perse in primavera iscrivendosi in palestra. Anche se non era vero, diceva a tutti che aveva ripreso a sentire il gusto del cibo. La sera era meno stanco. Ogni tanto gli veniva una voglia feroce di fumarsene una – specialmente dopo pranzo, quando la bocca sapeva di caffè. Ma resistette. Pensava ai suoi figli. Al loro futuro. Prima di andare a dormire, si fermava in camera loro, accanto ai loro lettini, e gli pareva che non esistesse nulla di più bello di quelle creature che dormivano serene: quelle fragilità trovavano riparo sotto il tetto che lui e sua moglie avevano costruito, o comprato. Quando la notte tuonava, la piccola si infilava nel lettone, e si stringeva a lui, perché sapeva che il papà era più forte del temporale. Certe sere il grande lo aiutava a sparecchiare; portava due piatti alla volta, barcollando tra il salotto e la cucina, pieno di orgoglio. A volte, sgridava sua sorella, con affetto, tenerezza, fermezza: lui gli diceva di non farlo, ma si riconosceva in quei gesti.

Dopo tanti anni di giornate vuote, era improvvisamente diventato felice. Fino ad allora, aveva galleggiato sulla superficie della vita; adesso, finalmente si era tuffato nel cuore palpitante della sua esistenza, fino in fondo: la morte che per una notte aveva lambito la sua casa, la sua vita, gli aveva regalato uno sguardo nuovo – più lucido, più profondo, più vivo.

La sera del 26 settembre del 2010, lui e i suoi figli rimasero a casa da soli. Sua moglie era andata a una riunione organizzata dalla cugina del marito: da poco aveva avuto un figlio e, per passare il tempo o per integrare lo stipendio, vendeva detersivi per la casa, profumi per il bagno, dentifrici alle erbe. Per cena, prepararono tortellini. I bimbi nel frattempo erano un po' cresciuti – il grande aveva sostituito il dente che aveva perso con un nuovo incisivo sproporzionato, ma aveva perso l'altro; la piccola aveva iniziato da qualche mese ad avere atteggiamenti leziosi, da femminuccia. La mattina chiedeva alla mamma di farle le treccine. Si era innamorata di un suo compagno all'asilo, o così le sembrava: dopo pranzo, raccontava quando tornava a casa, lei e Luca dormivano in due lettini vicini. La maestra disse che spesso si tenevano per mano.

Mangiarono. Guardarono un po' di cartoni. Poi i bambini gli chiesero se potevano fare il bagnetto, loro due: era molto che non lo facevano insieme. Sua moglie, da qualche mese, aveva iniziato ad essere contraria, le sembrava che non avessero più l'età, che *non fosse bello.* Insistettero un po'. Alla fine, lui disse di sì.

Preparò la vasca. Il grande prese alcuni dinosauri che teneva in camera e li portò in bagno; la piccola raccolse due Winx da sotto il letto. Accese una stufetta per scaldare l'aria, poi diligentemente, la spense, e la ripose nel mobile sotto il lavandino. Guardò il bicchiere degli spazzolini: c'era stato davvero del sangue, lì sopra, un anno prima, o era stato solo un brutto sogno? I bambini si spogliarono, gettarono i loro giochi nell'acqua, si infilarono in quel tepore bagnato. Avevano ancora il segno chiaro del costume. Lui si raccomandò di non fare schizzi sul pavimento, e di comportarsi bene; strizzò l'occhio al grande, che sorrise. Poi uscì a prendere gli accappatoi. Passò davanti allo studio. Dentro al cassetto della scrivania, c'era ancora il pacchetto di sigarette, o sua moglie lo aveva buttato via? Lo aprì. C'era. Sollevò il piccolo coperchio di cartone: ne era rimasta una. La tirò fuori. Era passato un anno esatto da quella notte di sangue, e spavento. Alla fine, aveva vinto lui. Era libero. Fu per questa sicurezza che volle provare l'ebbrezza dell'ultima sigaretta.

Andò in cucina, accese la fiamma azzurra del fornello, chinò la testa facendo attenzione ai capelli, e si accese la sigaretta. Mentre usciva in terrazza, guardò l'orologio sopra il forno: segnava le 21 e 34. Si chiuse la porta dietro – non voleva che il fumo entrasse in casa. Si appoggiò con la schiena al muro, e aspirò forte. Il cielo era chiaro, illuminato dalle luci gialle di Padova. In alto, si intravedeva la costellazione dell'Orsa Maggiore. D'estate, prima di andare a dormire, andava in terrazza, si sedeva su una sdraio di plastica bianca, si accendeva una sigaretta, e guardava le stelle: mese dopo mese, si spostavano tutte insieme verso nord. Aspirò ancora. Nel cielo, il luccichio di un aereo. E se fosse esploso in volo, proprio mentre passava là sopra? Immaginò la palla di fuoco illuminare il cielo, il boato assordante che sarebbe arrivato dopo qualche secondo, i pezzi della carlinga che cadevano giù. Un'ala immensa si sarebbe piantata nel giardino davanti casa; e i corpi... come sarebbero scesi, i corpi dei passeggeri? Una pioggia umana. Il tonfo quando arrivavano a terra. Rabbrividì. Quante possibilità c'erano che quell'aereo esplodesse in quel preciso istante? Aspettò qualche secondo. La sagoma luccicante si allontanò in silenzio. Nessuna esplosione. Il fulmine, il sangue sul lavandino: la morte esce raramente, nella ruota della vita. Nella terrazza della casa davanti comparve un uomo in mutande e canottiera, che teneva una sigaretta in bocca; con la mano fece il gesto del saluto, da una parte all'altra del giardino; lui ricambiò, disegnando un cerchio luminoso con la brace rossa della sua sigaretta. Aveva visto anche lui, l'aereo esplodere in volo? Buttò un'occhiata all'orologio della cucina: 21.38. Una fumata, dunque, durava quattro minuti. Rientrò.

Non capì subito che la voce che sentiva urlare era quella di suo figlio: sembrava molto più adulta, molto più lontana – e invece veniva dal bagno, in fondo al corridoio. Da quanto gridava? Lo chiamava disperato: papà, papà, papà. Corse. Aprì la porta. La piccola galleggiava immobile accanto alle sue Winx; un T-Rex la guardava dal bordo della vasca, gli occhi bianchi, le zampe davanti come in preghiera. *Non respira*, gridava il grande, *non respira più, non respira,* e piangeva, con la bocca spalancata, con il dente che gli mancava, con il viso uguale a quello di suo padre. E lui, con il corpo bagnato e inerme tra le braccia, pensò al sangue sul lavandino, all'aereo che cadeva all'improvviso, al cassetto delle sue sigarette; al fulmine che d'estate colpiva le creature della terra, a caso, come un dito cieco e terribile.

Fiat Duna

Seduto in tram, con la testa appoggiata al finestrino, le mani sulle ginocchia, accompagnato dal dondolio sulle rotaie, di fronte a una ragazza-forse-ventenne che – gambe lunghe, tette come frutta attaccata ai rami, denti bianchissimi, un neo sulla guancia sinistra – si ostinava a non guardarlo, a non vederlo, a non percepire la sua esistenza; tornando a casa sua, da sua moglie, verso la vita che aveva scelto chissà quanto tempo prima – già intravedeva l'insegna del supermercato dove il sabato pomeriggio andava a fare la spesa –, si domandava, ancora una volta, perché avesse detto di sì a sua figlia quando, la sera prima, gli aveva chiesto di pranzare al bar dove lavorava come cameriera da poco più di un mese. Avrebbe dovuto dire di no, lasciando che il lavoro e la famiglia rimanessero nei loro mondi separati e, invece, aveva detto di sì.

Quel giorno, intorno all'ora di pranzo – l'orologio sempre sbagliato che teneva sul tavolo segnava le dodici e cinquantacinque –, aveva messo in ibernazione il PC, si era alzato dalla scrivania e, accompagnato da un collega, si era diretto verso il bar della figlia. La zona preindustriale nella quale lavoravano era piena di tavole calde, trattorie postmoderne, mense aziendali convenzionate, ristoranti wok da 500 posti, spizzichi, fastfood, McDonald's e steak house; c'era anche un supermercato dove si potevano comprare tramezzini confezionati, succhi di frutta in pacchi da tre e yogurt da bere. Da qualche anno, applicava un criterio di rotazione alimentare spalmato sulla settimana: insalatona, piadina con la porchetta, un piatto freddo di bresaola e rucola; quindi, di nuovo insalatona. Una volta alla settimana prendeva anche un caffè corretto Sambuca, ma poi, il pomeriggio, quando tornava a lavorare davanti al PC o veniva coinvolto in una riunione nelle salette senza finestre del pian terreno, gli sembrava che il tempo non passasse mai. Nonostante ogni locale si sforzasse di offrire qualcosa di diverso, le persone sedute ai tavoli erano sempre le stesse: i colleghi, che durante il giorno vedeva lungo gli open space dell'azienda, pronti a chiudere Facebook o Repubblica.it non appena sentivano un movimento dietro le spalle, se li ritrovava accanto, con le foglioline di insalata incastrate tra i denti e un grissino in mano, a ciancicare di figa, calcio, lavoro. In uno di quei bar, ora lavorava sua figlia.

Per lei, non era un lavoro definitivo – o così sperava. Dopo aver finito il Liceo Classico con cento su cento, si era iscritta a Psicologia: a lui non era sembrata una buona idea, perché temeva che poi avrebbe fatto fatica a trovare lavoro – ma lei e sua moglie sembravano molto convinte di quella scelta, e alla fine rinunciò a dire il suo parere. Se le ricordava ancora le serate passate in cucina, davanti ai depliant delle diverse facoltà, a confrontare le offerte educative... Ora, dopo una laurea in cinque anni ottenuta con il massimo dei voti, a pranzo faceva la cameriera in quel bar da zona industriale, a cena faceva la cameriera in una pizzeria nei dintorni dell'ospedale geriatrico (le capitava di servire vedovi e vedove che volevano morire), e durante il pomeriggio scriveva, gratuitamente, articoli che il relatore della sua tesi pubblicava in certe riviste americane, con il proprio nome. Gli sembrava che lei meritasse più di questo. Quando la sera c'era qualche bel film alla televisione, e rimaneva alzato fino a tardi, la vedeva rincasare dopo mezzanotte, ed era talmente stanca che non aveva nemmeno la forza di farsi una doccia. La mattina, quando entrava in camera sua a salutarla, prima di andare a lavoro, rabbrividiva per l'aria gonfia dell'odore delle pizze – un mix rivoltante di formaggio fritto, legna bruciata, salumi. Lei sembrava serena, ma c'erano giorni in cui proprio quella serenità gli faceva male, perché assomigliava a una resa anticipata. Quando ne parlava con sua moglie, lei gli diceva di non preoccuparsi, che andava bene così: avevano una ragazza piena di buon senso, con la testa sulle spalle, che prima o poi, avrebbe trovato la sua strada...

«Dove andrete in vacanza, quest'anno?»

«Ci stiamo ancora pensando. Comunque, sarà mare, dobbiamo solo decidere dove. Mia moglie ha bisogno di iodio per la tiroide. Tu?»

«Mah, mia moglie voleva provare la crociera. Non ci siamo mai stati. Ti dirò la verità, non è che la cosa mi attiri molto – anzi, a essere sinceri trovo l'idea un po' angosciante. Non fa per me. Quindici giorni chiusi su una nave...»

«Ma so che si scende, ogni tanto, no? Ci è andato mio fratello, qualche anno fa. Si fanno delle tappe, si vedono città, poi si torna in barca. Diceva che il servizio era eccellente».

«Sì, l'ho sentito anch'io. Ma è proprio la nave, che mi fa orrore. Tutta quella gente. Le animazioni. I balletti, il prestigiatore, i camerieri sempre tra i piedi. Invidio mio figlio, quello grande: sta organizzando un viaggio in America con un amico, coast to coast. Zaino e sacco a pelo».

«L'ho fatto, una trentina di anni fa. È uno dei ricordi più belli della mia vita. Allora era una cosa un po' più rara – mi ricordo che ci guardavano come dei marziani. Quanto ha adesso tuo figlio?»

«Ne ha compiuti ventitré la settimana scorsa. Sta studiando, ma intanto fa dei lavoretti qua e là per pagarsi le vacanze. È in ritardo con gli esami, ma tutto sommato va bene così – mi piace il fatto che debba imparare a gestirsi le sue cose. Tua figlia si è laureata, giusto?»

«Sì, sei mesi fa. Psicologia – anche se non sono convinto che sia stata una scelta particolarmente azzeccata. Comunque lei è sempre andata bene a scuola – insomma, la più brava della classe e...»

«Una secchiona?» disse il collega sorridendo.

«Sì, diciamo di sì. Brava, ma anche molto impegnata, molto responsabile. I compiti per il weekend li finiva il venerdì sera, e magari il sabato pomeriggio andava a fare volontariato in parrocchia. La classica brava ragazza, insomma. Voti altissimi fin dalle elementari, nessuna sessione andata buca... Non ci ha mai dato problemi, a me e a mia moglie, di nessun tipo. Adesso lavora nel bar dove stiamo andando a mangiare, in attesa di trovare qualcosa che c'entri di più con i suoi studi. Per il momento, aiuta il professore della tesi a scrivere articoli, ma ho il sospetto che lui la stia sfruttando».

«Cosa vorrebbe fare?»

«Mi pare di aver capito che sia indecisa tra fare la classica psicologa – psicoterapia, lettino e tutto il resto – e lavorare in qualche centro di recupero per ragazzi con problemi».

«La settimana scorsa sono venuto qui al bar. C'è una cameriera bionda, altina... è lei?»

«No, non credo... lei non è bionda e, a dire il vero, non è neppure molto alta, anzi... ha preso da mia moglie. Comunque tra poco la vedi».

Camminavano veloci. Il marciapiede per arrivare al bar costeggiava un lungo cancello di un'azienda chiusa alla fine degli anni novanta. Dentro, davanti al portone, da anni era parcheggiata una Duna color vinaccia, che la ruggine aveva iniziato a mangiarsi dal basso; il parabrezza era sepolto sotto foglie secche, carte trascinate dal vento, sabbia tropicale. Ogni tanto qualcuno, passando là davanti, ricordava la foto di un annuncio che per un po' era girata su Internet: un tizio vendeva una Duna usata e, accanto al numero di telefono, aveva indicato di chiamare a ore pasti; aggiunta a penna, c'era la frase *Ahò, magna tranquillo*.

L'incuria generale nella quale era stato lasciato il piazzale davanti all'entrata aveva consentito ad alcune piante di sfondare la corteccia dura dell'asfalto e di arrampicarsi sull'inferriata, spandendosi mezzo metro verso la strada. I pedoni in alcuni punti erano costretti a scendere dal marciapiede, o a mettersi in fila, uno dietro l'altro. La schiena del suo collega, che gli si era messo davanti, era un po' curva: quanti anni aveva? Sapeva che tra poco sarebbe dovuto andare in pensione – era uno di quelli che aveva iniziato a lavorare subito dopo le superiori – ma non riusciva a dargli un'età. Una volta aveva intravisto suo figlio, che l'aveva aspettato davanti al lavoro per dargli un paio di chiavi: era un ragazzo robusto, con il sorriso di un giovane sicuro di sé. Sapeva, perché glielo aveva raccontato il padre, che quella vacanza che stava organizzando in America non era la prima di quel genere: aveva girato mezza Europa, in treno o in autostop, e per un po' aveva avuto una fidanzata a Berlino, o a Copenaghen, che andava a trovare una volta al mese. Sua figlia, invece, andava in vacanza sempre con loro; a lui sembrava che dopo una certa età i ragazzi dovessero diventare indipendenti – se non altro nei divertimenti – ma la moglie era contenta della sua compagnia, e continuava a dire che se stavano bene insieme non c'era niente di male. Erano una bella famiglia, unita, e questo era disposto ad ammetterlo anche lui, ma quando ripensava alla propria giovinezza, a quando lui studiava all'Università, e passava le notti fuori con gli amici a ubriacarsi, o si fermava a dormire da qualche amica, sentiva come se a sua figlia mancasse qualcosa. Si consolava pensando che forse, in generale, la natura femminile fosse più tranquilla di quella dei maschi – anche se le ragazze che incrociava in tram, tornando dal lavoro, sembravano molto più disinibite e aggressive e indipendenti, e alte, di quanto lui fosse mai stato.

Il bar era pieno. Sua figlia, quando lo vide, lo salutò con un cenno veloce della mano, e, dopo aver consegnato due panini a un tavolo, gli andò incontro sorridendo. Lui avrebbe voluto abbracciarla – era qualcosa che faceva spesso – ma davanti al suo collega si sentì un po' in imbarazzo e si limitò a darle un buffetto sulla guancia. Lei si presentò al collega, e quindi chiese loro di seguirla: aveva riservato un tavolino all'aperto. Dopo che si furono seduti, lasciò i menù sul tavolo, e disse che sarebbe tornata in cinque minuti.

«Quanti anni hai detto che ha, tua figlia?»

«Venticinque. Sembra più giovane?»

«Sì, sì, sembra una ragazzina».

Lui si girò a guardarla: stava provando a prendere le ordinazioni da un tavolo dove erano seduti tre uomini, ciascuno dei quali stava consultando qualcosa sul proprio iPhone senza darle retta. *Forza*, pensò, *fatti dire cosa vogliono!* Lei però rimaneva in piedi, ferma, con le mani dietro la schiena, e sembrava che quelli non si fossero neppure accorti che ci fosse. Era un po' spaesata e si guardava intorno: quando incrociò lo sguardo del padre, che la spronò con un gesto, lei aprì le mani, quasi imbarazzata, come dire *che ci posso fare?*

Finalmente uno dei tre alzò la testa, e la vide. Ordinarono. Poi, quando lei se ne andò, dissero qualcosa tra di loro, e risero. Gli sembrò di riconoscere uno dei tre – un ex collega che lavorava al settore commerciale, e con il quale una volta, durante una riunione, aveva avuto una discussione piuttosto animata. Per qualche mese l'aveva incrociato alle macchinette dei caffè, ed entrambi avevano evitato accuratamente di salutarsi; poi quell'uomo aveva cambiato reparto, o lavoro, e non si erano più visti. Era più giovane di lui, ma non di molto; però sembrava che non fosse invecchiato – i capelli erano appena brizzolati, il fisico ancora asciutto. Una volta aveva ceduto il posto a un signore, in tram, ma quello all'improvviso l'aveva abbracciato: era stato un suo compagno di classe delle medie, e lui non l'aveva riconosciuto. La sua generazione meritava già un posto a sedere.

Finalmente lei si liberò, e venne da loro.

«Cosa mi consiglia?» le chiese lui sorridendo.

«Un'insalatona? Ce ne sono con i gamberetti e la polpa di granchio, o con pere e noci. Sono molto buone».

«Quella con gamberetti. Tu hai già scelto?»

Il collega si tolse gli occhiali che si era messo per leggere il menù, e ordinò una cotoletta con l'insalata. Chiesero anche due birre piccole, ridendo, come se fosse una piccola eccitante trasgressione. Lei li ringraziò e tornò dentro, trotterellando tra i tavoli; lui la seguì con lo sguardo. Non l'aveva mai vista in una situazione simile a quella, nella quale doveva arrangiarsi da sola: avvertiva, in sottofondo, come una leggera inquietudine, una preoccupazione *paterna* verso sua figlia. La famiglia che aveva messo in piedi con sua moglie era protettiva, quasi come un nido, ma a volte aveva il sospetto che questo avesse finito per togliere un po' di forza alla sua ragazza. Era sempre stato molto premuroso con lei; quando era alle superiori, la accompagnava a ginnastica correttiva tutti i pomeriggi, e poi aspettava che finisse, leggendo vecchi giornali in una minuscola sala d'attesa. Qualche volta, tornando a casa, si fermavano a bere una cioccolata insieme, e lui era contento di stare con sua figlia, e gli piaceva il fatto che lei non corresse alcun rischio – fuori, a quell'ora, era già buio. Ogni tanto, però, si domandava se avesse un fidanzato – vedeva sempre molte amiche, e mai *maschi*. Vincendo un pudore profondo, ne aveva parlato con sua moglie, che aveva minimizzato, ripetendo che non era obbligatorio avere il ragazzo a quell'età. Ora, però, mentre con lo sguardo seguiva sua figlia che, dietro al bancone del bar, stava preparando il suo pranzo, si domandava se anche a venticinque anni era normale non avere il ragazzo – non averlo mai avuto.

Neanche sua moglie, quando l'aveva conosciuto, aveva mai avuto il ragazzo – c'era qualcosa di ereditario in quella tendenza al procrastinare l'inizio di un rapporto amoroso? Lui era stato il primo e, per quanto ne sapeva, anche l'ultimo. Inizialmente aveva apprezzato il fatto che lei non avesse mai avuto un fidanzato – da quello che lei gli diceva, neppure una storia, neppure un bacio; con il tempo, però, questa cosa aveva iniziato a infastidirlo – si infastidiva con sua moglie quando ne parlava come se fosse stato una specie di merito di cui lei poteva fregiarsi, e un successo di cui lui poteva vantarsi. Era diventata la loro *storia di famiglia*, il loro atto costitutivo, e veniva ripetuto in ogni occasione. Ma quando un giorno, alla fine di una cena di lavoro durante la quale si era bevuto un po', gli chiesero se lui era stato il primo fidanzato di sua moglie – c'erano alcune colleghe che parevano particolarmente divertite da questa specie di sondaggio – lui si sorprese a dire di no, che c'erano stati degli altri: non sapeva quanti, ma ce n'erano stati. Quando poi tornò a casa, e si distese accanto alla moglie, si sentì di averla, in qualche modo, tradita. Perché aveva mentito? Quella notte, mentre il suo respiro scandiva il tempo come un mantice un po' sfiatato, capì due cose: che sua moglie era brutta, e che lui si era sempre vergognato di questo.

Nei giorni successivi, aveva cercato di negare a se stesso quanto aveva intuito; un po' alla volta si arrese di fronte all'evidenza. Non aveva mai portato sua moglie alle cene di lavoro. Non aveva mai messo una sua foto come sfondo del desktop; e quando, passeggiando con lei, in città, incrociava un collega, si sentiva come se fosse stato scoperto un segreto di cui avrebbe dovuto vergognarsi. L'aveva conosciuta poco dopo aver finito l'Università, durante un periodo particolarmente difficile della sua vita: da qualche mese era finita una storia lunga e tormentata con una ragazza di una decina di anni più giovane di lui, e stava cercando di riprendersi da quella batosta sentimentale. Lei aveva un'aria materna, rassicurante – il seno grosso, le mani piccole, i capelli lunghi. Quando andava a trovarla, dai suoi, lei lo accoglieva con un sorriso dolce e buono; gli preparava delle torte alle mele, dei biscotti a forma di cuore, il salame al cioccolato: dopo la rutilante follia universitaria, gli sembrava quasi di essere tornato a casa. Non si innamorò di lei: si affezionò in modo profondo. Quando, in un pomeriggio di novembre, si baciarono, non si sorprese più di tanto. Si sposarono l'anno seguente, e dopo quindici mesi nacque la loro unica figlia. Quella figlia che ora, venticinque anni dopo, lo stava servendo al bar vicino all'azienda in cui lavorava, a ora di pranzo.

Il tram era quasi arrivato – mancava solo una fermata. La ragazza che era seduta davanti a lui si era già alzata, e, una volta in piedi, gli aveva piazzato davanti al viso l'elastico nero delle mutande che usciva dai pantaloni, il suo culo in miniatura, e un profumo dolciastro; prima che lei scendesse, l'aveva sentita dire qualche sciocchezza al cellulare – una maldestra battuta basata su un doppio senso. Chi c'era dall'altra parte del telefono? Qualsiasi ragazzo avrebbe perdonato tutto, a quella bellezza; lui, invece, l'avrebbe presa a schiaffi – per la rabbia, e l'amarezza, che gli toglievano il fiato. Sua moglie lo aspettava a casa: lui avrebbe suonato il campanello, come faceva tutte le sere, sarebbe salito per le scale, due gradini alla volta (una volta ne faceva tre), avrebbe aperto la porta e lei gli sarebbe venuta incontro, come tutte le sere, infilata in una vestaglia consumata, o in una tuta senza forma, con i capelli tenuti fermi da una presina, le ciabatte a fiori, trotterellando, e sorridendo come se suo marito la vedesse bella. Ma come l'avrebbe abbracciata, quella sera? Come l'avrebbe baciata? Con quale coraggio?

L'insalatona che gli aveva portato sua figlia era buona e abbondante; aveva curato perfino la posizione dei gamberetti, disposti circolarmente come la corolla di un fiore. L'impanatura della cotoletta era dorata; le verdure che l'accompagnavano, deliziose. Piano piano, si era rilassato: ora chiacchierava con il suo collega, parlando di calcio e di lavoro. Sembrava ci fossero nuovi progetti, in ballo, che comprendevano anche una ristrutturazione aziendale; questo tema animò il collega, che pure stava andando in pensione.

«Non importa se non mi riguarda» diceva. «Fino a che non rimango a casa, per me questi argomenti sono importanti, di principio!»

I sindacati, gli disse, erano sul piede di guerra. Forse, la proprietà avrebbe ceduto la maggioranza a un fondo di investimento americano – glielo aveva detto un amico che lavorava in Borsa, ma era una notizia riservata. Riservata quanto? gli chiese. Molto, gli rispose sottovoce. Poi, mentre ascoltava il collega che gli rivelava altre notizie, delle quali tutto sommato gli importava poco, gli parve di capire che, due tavoli più in là, i tre uomini stessero parlando di sua figlia – li sentì con un istinto fuori dal suo controllo, con l'orecchio di un padre che vigila sulla propria prole. Stavano scherzando. Stavano *ridendo.* Cosa dicevano? Gli sembrò di capire qualcosa come. *È proprio una bella gnocca,* e poi una risata. Non sentiva più il suo collega, che continuava a parlare di diritti e stock options: ora tutto il suo sistema percettivo stava puntando al tavolo dei tre. *Dici che sia una di quelle che poi la sera fanno le escort?* e risero ancora, più forte – di una risata grassa e sguaiata. Il bar aveva due cameriere; una era sua figlia, e l'altra era una signora alta, bionda, con un viso molto bello – una donna di cui nessuno avrebbe mai potuto ridere. Quegli uomini stavano sghignazzando di sua figlia. Quegli uomini stavano sghignazzando di sua figlia perché sua figlia era brutta. Era brutta come sua moglie. Quando ventisette anni prima aveva scelto la compagna della sua vita, aveva condannato la loro figlia ad avere quel corpo e quel viso: quei lineamenti a cui mancava qualcosa, o che avevano qualcosa di troppo. Il contributo che aveva dato al DNA era stato minimo – forse le mani erano le sue, come pure l'inclinazione del sorriso – ma tutto il resto (la statura, il naso, gli occhi, la forma della fronte, i capelli) l'aveva preso dalla mamma.

Avrebbe voluto alzarsi, avvicinarsi a quei tre, e prenderli a schiaffi, uno a uno; e avrebbe voluto prendere sua figlia, e portarla via da là, per proteggere quella debolezza senza colpa. Ma non riusciva ad alzarsi. Gli occhi gli si riempirono di lacrime, per la rabbia, per l'umiliazione, per quel dolore impotente che lo inchiodava al tavolo. Cosa avrebbe dovuto fare un padre? Come avrebbe potuto salvarla da quella impietosa mancanza di bellezza? Gli sembrò che lei fosse ancora più piccola; e che ai suoi difetti se ne fosse aggiunto uno molto più grande, e irreparabile, che era la vigliaccheria di quel padre che la stava rinnegando. Se si fosse alzato, e avesse affrontato quegli uomini, avrebbe perso, perché sapeva che tante, troppe volte, aveva dato ragione a loro. Tutti i suoi colleghi seduti ai tavoli, con le fogliioline d'insalata tra i denti, avrebbero assistito a quella ridicola zuffa; avrebbero così visto, valutato, e giudicato – concludendo che, in effetti, a ben guardare, era piuttosto difficile dare torto a quei tre.

Il collega gli chiese se si sentisse bene. Lui lo rassicurò con un gesto della mano, come se un goccio d'acqua gli fosse andato di traverso, ma non riuscì a dire nulla. Intravedeva la sua bambina che trotterellava tra i tavoli, sorridente, serena come se avesse cinque anni, inconsapevole di cosa chiedeva l'amore, di cosa guardavano (e di cosa dicevano) gli uomini, di cosa pensava suo padre: e di come suo padre si fosse sempre vergognato della mamma alla quale lei somigliava così tanto. Seduto a quel tavolo di plastica di un anonimo bar in zona industriale, immobile e incapace di alzare lo sguardo, davanti a un'insalatona preparata con la massima cura, pensò a sua moglie che lo aspettava a casa, convinta di potersi fidare di suo marito, di poter contare sull'uomo che aveva scelto come padre di sua figlia; e resistendo alle lacrime che parevano voler uscire a tutti i costi (la consapevolezza della propria debolezza lo aggrediva da dentro come una ruggine), si ricordò di quando, la mattina in cui lei stava partorendo, lui avesse sperato, di nascosto, tra sé e sé, che la figlia che stava per nascere non assomigliasse a lei; dei giorni in cui si era sentito un perdente per la moglie che si trovava accanto: di come una sera, a letto, guardandola mentre prendeva sonno, avesse pensato che lui era uno di quelli ai quali un rivenditore della Fiat era riuscito a rifilare una Duna color vinaccia, che nessuno aveva mai voluto.

Il pranzo di Pasqua

La signora Bastiani sistemò il centrino di pizzo appena stirato sul tavolino del salotto. Ci mise sopra un piattino di cristallo a forma di rosa, e un portafoto d'argento lucido più dello specchio che aveva in anticamera. Ammirò l'angolo di libreria che aveva sistemato poco prima, i libri dal dorso scuro inciso in lettere dorate ai piani importanti, ad altezza degli occhi, e le edizioni meno pregiate in basso. Si allontanò per vedere l'effetto e si inorgoglì: aveva davvero una bella casa. Rimase ferma a guardare fino a quando la sveglia del forno suonò per avvertirla che il pasticcio di verdure era pronto. Si spostò in cucina: sul tavolo c'erano i piatti fondi, i bicchieri di cristallo, una bottiglia di vino che aveva trovato nella credenza – un regalo ricevuto in occasione di chissà quale cena. Tutto era pronto per il pranzo di Pasqua.

Aveva iniziato a cucinare il giorno prima, alle tre. Dopo aver tirato fuori la macchina per fare la pasta in casa, aveva pesato gli ingredienti seguendo le proporzioni che sua madre, un'emiliana verace, le aveva raccomandato negli anni cinquanta. Aveva innalzato la fontana di farina sul tavolo della cucina e aveva rotto le uova nel centro. Dopo venti minuti passati a impastare, le braccia erano diventate pesanti. Ogni tanto suo marito passava, dava un'occhiata, e sorrideva; ma il sabato, quando non usciva di casa, non portava la dentiera, e il suo sorriso era un buco nero e vuoto. Lasciò riposare l'impasto per mezz'ora, bevendo un caffè davanti alla televisione; quando poi tirò la pasta, c'era sempre qualcosa che non andava: i bordi erano frastagliati, e si formavano buchi. Dopo un'ora di tentativi, si arrese, con la brutta sensazione di aver perso non una battaglia con la pasta, ma la guerra contro la sua vecchiaia. Chiese a suo marito se poteva andare a comprare la sfoglia di Giovanni Rana. Lui borbottò qualcosa, ma si vestì, si infilò la dentiera, sistemò i capelli che gli erano rimasti, e uscì. Mentre lui scendeva le scale, lei notò che il bordo dei pantaloni che gli aveva cucito il mese scorso era troppo lungo, e ora gli andava sotto le scarpe.

Aprì il forno. Il pasticcio era pronto. Proprio in quel momento, il campanello suonò. Ogni Pasqua invitava a pranzo i suoi due figli con le famiglie; il grande aveva due gemelli quasi maggiorenni, completamente diversi tra loro, e una moglie molto bella; il piccolo due bambine uguali, e una compagna molto giovane. Tutti gli anni, li chiamava con un mese di anticipo, perché temeva che si dimenticassero; ma poiché anche la sua memoria iniziava ad essere incerta, quell'anno preferì telefonare alla fine di gennaio. I figli la prendevano in giro, ma in fondo erano gentili. I gemelli, che lei vedeva solo in occasione di quei pranzi, sembravano ogni volta meno contenti di passare la Pasqua con i nonni. Le bambine, invece, venivano felici: sapevano che avrebbero ricevuto uova con i regali e un coniglietto di cioccolato da dividere in due.

La sera prima, in cucina, preparando il pasticcio con un occhio alla tv – c'era la semifinale di *Ballando con le stelle* – si era chiesta se avrebbe dovuto confessare che la sfoglia non era sua. Si vergognava ad ammetterlo, ma era anche terrorizzata all'idea che i suoi ospiti potessero dire che il pasticcio non era mai stato così buono. Confusa, non riusciva a decidere. Il pomeriggio, mentre aspettava che suo marito tornasse con la sfoglia, si era seduta sul divano a guardare un documentario sui panda; dopo un po' si era addormentata. Si era svegliata con un filo di saliva che le scendeva dalle labbra fino alla gonna, mentre il sole stava tramontando. Quanto tempo era passato? Suo marito non c'era ancora. Chiamò i figli: il piccolo le disse, un po' frettolosamente, di non preoccuparsi; il grande fu molto premuroso, e le fece compagnia al telefono fino a quando, mezz'ora dopo, arrivò il signor Bastiani con la sfoglia. Era sudato, e senza fiato. Con un filo di voce disse che fuori l'aria era caldissima. Lei, gli tolse un capello bianco dalla spalla della giacca.

«Il papà dov'è?» chiese il piccolo, che aveva cinquant'anni.

«È uscito a fare la sua passeggiata domenicale».

«Sa che pranziamo all'una? Michela ha un sacco di compiti da fare».

«Anche il giorno di Pasqua?»

«Studiano sempre, questi bambini».

Suo figlio, quello piccolo, era sempre stato il più brillante dei due, e per questo lei aveva amato più l'altro, quello più fragile, quello che da ragazzo veniva bocciato, e che da adulto ogni tanto doveva cambiare lavoro. Sentiva di doverlo proteggere: anche da suo fratello. Al pranzo di Natale le era parso di vedere, sotto il tavolo, il piede del piccolo che toccava quello della moglie del grande. Non lo aveva detto a nessuno; ma ora avrebbe disposto i due cognati agli angoli opposti del tavolo. Sarebbe stato un pranzo perfetto.

All'una, però, suo marito non era ancora rientrato. All'una e mezza, il grande scese in strada a vedere se si fosse perso. Alle due scese anche il piccolo. Intanto, i gemelli trafficavano con i telefonini, le piccole giocavano con i regali trovati nell'uovo e le nuore facevano loro coraggio; ogni tanto, però, si distraevano e parlavano di un centro estetico aperto da poco dove, si diceva, dipingevano le unghie da dio. Alle due e venti squillò il telefono. Rispose la nuora più vecchia: un carabiniere chiedeva della signora Bastiani. Lei spalancò la bocca e si lasciò cadere su una sedia. Davanti, c'era ancora la teglia del pasticcio che nessuno aveva toccato. Le bambine, sedute sul tappeto, avevano messo il centrino di pizzo sulle spalle di una Barbie. Dal portafoto d'argento che brillava sopra il tavolino, suo marito le sorrideva, cinquant'anni più giovane. La signora Bastiani si alzò lentamente, andò verso quel viso in bianco e nero, e lo prese tra le mani. Quanto tempo era passato? Quanto ne rimaneva? Quale buio li stava inghiottendo? Poi, prima di trovare il coraggio di prendere il telefono, rivolgendosi ai nipoti, con la voce pronta a scoppiare in pianto, chiese: «Ma avete toccato voi la foto con le dita?»

La stella marina

Stava uscendo dall'Istituto di Biologia, dove aveva appena tenuto una lezione di Zoologia, quando fu investito da una bicicletta; alla guida, un tossicodipendente che stava scappando da un signore al quale aveva rubato qualcosa. Nessuno dei due – né lui, né il ragazzo – stava guardando nella giusta direzione. L'urto lo gettò a terra; batté un'anca, e la testa. Non svenne, ma un passante chiamò il 118. L'ambulanza arrivò in meno di cinque minuti – l'efficienza veneta. I sanitari ritennero opportuno portarlo in ospedale per un controllo. Il cielo sembrava chiaro, non era ancora sera.

Dopo una prima visita sommaria, fu evidente che non c'era pericolo di vita; ma servivano controlli: fu fatto sedere in una saletta, in attesa del suo turno. Alle pareti c'erano avvisi sull'influenza suina, sul pericolo delle droghe, sulla minaccia dell'AIDS, sui sintomi dell'anoressia. C'era anche la stampa di un quadro di Mirò, identica a una appesa nel salotto di casa sua. Aspettò più di cinque ore. Spinte da un flusso invisibile, continuavano ad arrivare persone più gravi di lui – gambe spezzate, un principio di infarto, un ictus, un'indigestione sospetta. Chi era ancora cosciente guardava il mondo con un misto di stupore e imbarazzo. La posizione distesa alla quale erano costretti li rendeva vulnerabili. La sala del pronto soccorso sembrava il palco nel quale si rappresentava una commedia – i personaggi entravano in scena da una porta, uscivano dall'altra, ma era impossibile sapere cosa ci fosse dietro quello sfondo.

Per un po', ebbe accanto una vecchietta seduta su una sedia a rotelle, che si sistemava i pochi capelli bianchi con un pettine di osso. Poco dopo, lei gli rivolse la parola, con una scusa – le serviva aiuto per leggere un numero di telefono sul cellulare che teneva in una tasca della vestaglia celeste; lui le rispose con gentilezza. Poi, di colpo lei scoppiò a piangere: «Sette mesi fa, ho accompagnato mio marito qui, ed è morto nel giro di due ore». Pareva ancora incredula. Gli disse che un anno prima avevano venduto il loro appartamentino, e si erano ritirati in una casa di riposo; lui era paralizzato, lei spingeva la sua carrozzella, ed erano felici. Ora, aveva sempre male allo stomaco, e faceva fatica ad andare di corpo. Un'infermiera incaricata di sorvegliare i pazienti si toccava la tempia, come a dire che era matta; a lui, invece, sembrava una donna piena di buonsenso: piangere era l'unica cosa che avrebbe fatto anche lui in una situazione come quella. Mentre entrava nello studio del medico, la vecchia gli strinse il braccio e gli sussurrò, con un alito di voce, che non voleva morire.

Poi fu il suo turno. Il medico che lo visitò – un uomo sulla trentina con lo stesso portamento di suo figlio – gli fece una TAC per escludere la presenza di ematomi nella testa. Quindi, lo mandò a casa, fissandogli un appuntamento per tre giorni dopo. A cena raccontò a sua moglie il *buffo* incidente che gli era capitato; sua moglie raccontò quel *drammatico* incidente alla nuora, che aveva chiamato poco dopo le 20 per sapere se lei, sua suocera, il giorno seguente sarebbe potuta andare a prendere *suo* figlio – cioè *suo* nipote – all'asilo. Prima di andare a dormire, ripassò alcuni appunti per la lezione del giorno dopo: avrebbe iniziato a spiegare gli atropodi, il phyla che ricomprendeva i cinque sesti delle specie fino ad ora conosciute.

Tre giorni dopo, fu sottoposto a una risonanza magnetica: la TAC, infatti, aveva evidenziato un'anomalia. Gli fu fissato un nuovo appuntamento per discutere i risultati. Quando tornò, trovò tre dottori che, dopo averlo fatto accomodare, gli spiegarono, in modo semplice e diretto, che avevano trovato un tumore, probabilmente maligno, che si era formato nel cervello e che nei giorni successivi avrebbero dovuto sottoporsi a ulteriori esami per capire cosa si sarebbe potuto fare. Quando uscì dall'ospedale, il cielo era scuro.

Qualche settimana dopo telefonò a suo fratello, e gli chiese se un giorno di quelli avrebbero potuto pranzare insieme. Si misero d'accordo di trovarsi nel bar vicino al Tribunale, dove il fratello lavorava come magistrato. Sebbene si incontrassero raramente – tra le loro mogli c'era una forma di incompatibilità mai dichiarata ma insormontabile – il legame che li univa era rimasto sempre forte e sicuro.

Quando si trovarono l'uno di fronte all'altro, in una giornata nevosa, lui abbracciò il corpo grosso e impacciato del fratello. Poi, si incamminarono verso il bar, parlando.

«Tutto bene? Hai lo sguardo teso, contratto».

«Ho un tumore».

«Stai scherzando?»

«No. Purtroppo no».

«Dove ce l'hai?»

«Al cervello».

«Da quando?»

«Non lo so, ma è già abbastanza grosso. L'ho scoperto per caso, un mese fa. Un idiota mi ha tirato sotto, in bici, davanti all'Istituto. Sono caduto per terra, è arrivata l'ambulanza, mi hanno portato in pronto soccorso. Volevano assicurarsi che non ci fossero ematomi. Ho aspettato cinque ore, là dentro – ho visto di tutto. Quando sono uscito mi sono chiesto come mai ci fosse tutta quella gente in giro: mezza Padova – credimi – era lì, distesa sui lettini delle ambulanze. C'era uno che non riusciva più ad alzare un braccio – un uomo enorme, più grosso di te, avrà avuto sessant'anni, e la moglie accanto che piangeva, con le sue scarpe in mano, il giaccone in braccio. L'uomo guardava il suo braccio come se fosse un amico che l'avesse tradito. Mentre ero seduto, una vecchietta mi ha raccontato di suo marito che era morto al pronto soccorso sette mesi prima. Una tragedia. L'infermiera che la accompagnava mi ha detto che in realtà non è mai stata sposata. Poi ho scoperto che questa infermiera in realtà è una che bazzica spesso là in ospedale – una pazza che si spaccia per una dipendente. È un posto assurdo – assomiglia a una sit-com, solo che non fa ridere».

«Comunque è stata una fortuna che questo tizio ti abbia tirato sotto...»

«Mi hanno fatto la TAC. Qualche giorno dopo, quando sono andato a ritirare i risultati, mi hanno fatto anche una risonanza magnetica. Sono tornato un'altra volta, e mi hanno detto questa cosa... In quel momento, mentre i medici mi spiegavano la situazione, mi è sembrato... era come se non si stesse parlando di me. Hanno tirato fuori le immagini della mia testa, e con il dito indicavano qualcosa su quelle foto, su quei fogli. Seguivano linee, ombre, luci. Quelle circonvoluzioni, quelle spire... ero io? So bene come è fatto un cervello; quando studiavo, all'Università, ho assistito a qualche autopsia – ti ricordi? Tornavo a casa e vi raccontavo tutti i dettagli – la mamma non voleva sentire niente, il papà ci scherzava sopra, tu ascoltavi curioso. Ma erano cervelli di altre persone, non il mio. Qui sopra» – con un dito indicò la sommità della sua testa – «ho una specie di stella marina, una cosa con cinque dita aperte. I medici indicavano le foto, e io mi sentivo quella cosa dentro. Mi ricordavano quei generali tedeschi attorno alle carte geografiche dell'Europa – e Hitler che muoveva le truppe con quella specie di rastrello da croupier. Solo che il loro campo di battaglia era il mio cervello, capisci? La mia parte migliore. Io, senza testa, non sono niente».

Arrivarono al bar. Ordinarono due insalatone. Il fratello, da quando gli avevano trovato uno scompenso al cuore, si era messo a dieta. Era poco più giovane di lui, ma si stava comunque avvicinando alla sessantina, un'età in cui la salute è un bene che va conquistato giorno per giorno.

Mentre mangiavano, ogni tanto buttavano lo sguardo verso la gente che passava di fretta davanti alla vetrina. Il fratello fece una pausa e gli chiese: «Cosa devi fare, ora? Si può operare? Si può togliere? A un mio collega, qualche mese fa hanno asportato mezzo polmone. Ora sta bene, ha ripreso a lavorare, come se non fosse successo niente. La chirurgia ormai fa miracoli».

«Stanno ancora valutando la gravità. Sembra che non sia così facile da togliere. È un glioma. Un tumore della glia».

«La glia? Cos'è?»

«Non lo sapevo neanche io – me l'hanno spiegato i generali di Hitler. Il 10% del nostro sistema nervoso è composto da neuroni; il resto, è fatto di cellule gliali. Nutrono i neuroni. Li sostengono. Forse, hanno qualche ruolo nella trasmissione degli impulsi nervosi. La differenza rispetto ai neuroni è che si riproducono. Nel mio caso hanno iniziato a riprodursi troppo velocemente».

«E tu non ti sei mai accorto di niente?»

«No. Niente. Non sta premendo su nulla. Si sta espandendo in superficie – allunga le sue dita seguendo i canyon della corteccia, si fa spazio, silenziosamente. Inizio ad avere paura – una paura fottuta... Non ho armi per combattere. Il nemico è il mio corpo. È una sensazione terribile. Quando sono a letto, disteso, mi sembra di poter sentire la stella marina dentro alla testa, dentro la *mia* testa. I confini del corpo sono una delle sensazioni più semplici da provare: chiudi gli occhi e inizi ad esplorarti dall'interno: le mani, le braccia, i piedi là sotto, le loro dita, una a una, la pressione che esercitano sul pavimento... è impossibile confondersi, anche solo per un momento, con il resto del mondo: c'è un universo infinito, fuori da noi, e ci siamo solo noi, dentro a questo corpo. La pelle è la frontiera di noi stessi. La nostra coscienza di *essere noi* pervade ogni nostro centimetro cubico. Ma questa cosa, questo tumore, cos'è? Sono io? Io sono questo corpo, ma questo corpo non mi appartiene – io sono lui, ma lui non è me. Quando morirà, dovrò morire anch'io – e non importa quanto vivo mi sentirò. Il mio destino è legato in modo indissolubile al suo».

La cagna si era appoggiata alla porta a vetri del salotto con tutto il corpo; dal giardino, ogni tanto guardava dentro, con uno sguardo pieno di umanità, ma poi tornava a fissare il cielo nero, nel quale baluginavano, minacciosi, i primi lampi: sembrava smarrita. Da un'ora si era alzato un vento che scuoteva l'enorme magnolia al centro del giardino, il piccolo ciliegio, e le foglie dell'albero di mandorle piantato da poco più di un anno; qua e là si creavano vortici di sabbia, scontrini, foglie, che si spostavano per qualche metro, per poi dissolversi, lasciandosi dietro un mucchietto di detriti. Lui era seduto sul divano, e guardava un po' fuori dalla finestra, e un po' verso la televisione a 40 pollici, accesa su un programma che non aveva mai visto: una cinquantina di adulti discuteva animatamente di qualcosa che lui, dopo aver tolto l'audio per non disturbare la moglie che dormiva al piano di sopra, poteva solo immaginare.

Un mese prima, aveva avuto la conferma che non era possibile rimuovere chirurgicamente il tumore, e che la chemioterapia probabilmente non sarebbe stata di alcun aiuto. Glielo dissero con molta serenità, in una stanzetta tutta bianca dell'ospedale. C'era anche una psicologa, una moretta con i denti in fuori e gli occhi spiritati, pronta a fornire aiuto; quando finì quella chiacchierata – un verdetto che lo condannava a morte senza specificare di cosa fosse colpevole – lei gli diede un biglietto da visita; lui lo prese come un automa, come un automa ringraziò, e come un automa tornò a casa. Aspettò qualche giorno per parlarne con la moglie – non riusciva a trovare le parole giuste; quando rinunciò a trovarle, le raccontò tutto, nel modo più onesto possibile. Lei pianse, si disperò, ma poi, da qualche parte, recuperò la forza necessaria per affrontare la tragedia nella quale erano precipitati. Di fatto, continuarono a vivere come se non fosse cambiato nulla – come se ci sarebbe stata vita per tutti, altri dieci o vent'anni ancora: continuavano a fare colazione la mattina, a pranzare a mezzogiorno e a cenare la sera – a nutrirsi, e a nutrire la stella marina che si stava estendendo nel suo cervello; continuarono a potare gli alberi del giardino, a regolare l'erba, a sistemare tutta quella vita che straripava nel prato davanti a casa, ma il conto alla rovescia era iniziato: presto, la pressione sul cervello avrebbe iniziato a creare problemi – vertigini, vomito, sordità, cecità, confusione mentale, smarrimento, coma; poi, nel giro di qualche settimana, la morte. A sua moglie, aveva raccontato anche questo, e lei non aveva saputo che dire. Ora, era già una settimana che gli girava la testa; provò a dare la colpa alla stanchezza, ma non cambiò nulla. Quanto gli restava da vivere? Non aveva mai pensato di essere immortale, ma come tutti i mortali ci aveva sempre sperato; e d'altra parte, da almeno un secolo l'Occidente e i suoi giulivi abitanti, tra i quali c'era anche lui, avevano accuratamente evitato di pensare alla *fine:* si preferiva vivere in uno sfrenatissimo presente, lasciando che i morti sparissero nelle corsie d'ospedale, in silenzio, ben nascosti.

Guardò le persone che discutevano in televisione: senza audio, rimanevano solo le espressioni di quei visi – un'inutile rabbia, una futile passione, una risata sguaiata che subito si spegneva. Sarebbero morti tutti nel giro di quaranta o cinquant'anni; probabilmente, prima di chiudere gli occhi sul mondo, avrebbero ricordato quel giorno passato in televisione come uno dei momenti più importanti, e più belli, della loro vita.

Tuonò, e la cagna – un pastore tedesco di otto anni – iniziò a tremare; lui si alzò dal divano, aprì la porta e la fece entrare. Lei si distese sul tappeto, e sospirò due o tre volte; poco dopo, si addormentò. La stanza era piena del suo odore. Cos'era quel sacco peloso che respirava davanti a lui? Cosa accomunava un microbo, quel cane e sua moglie? Insegnava e studiava Zoologia da quasi trent'anni – per otto ore al giorno, cinque giorni alla settimana. Mediamente, quando gli studenti entravano sapevano che il delfino ha le tette, che il pinguino è un uccello, che il pipistrello partorisce, che le formiche hanno sei zampe e i ragni otto... quando uscivano, anni dopo, sapevano classificare ogni genere vivente, eppure ancora non avevano la minima idea di cosa fosse, in concreto, la vita che avevano studiato; e da un po' di tempo, anche lui aveva iniziato a sospettare che dietro la varietà di specie animali e vegetali, non ci fosse nulla. Le piante erano una curiosa escrescenza carbonica della crosta terrestre, i celenterati sacchetti di succhi gastrici con una bocca e un buco del culo; i pesci sembravano automi semoventi incapaci di intendere e volere, e le formiche cellule ottuse di un organismo molto più grande, e altrettanto ottuso. Una vita a forma di leone mangiava una vita a forma di antilope: cosa moriva, sotto la ferocia di quegli attacchi?

Aveva incentrato la tesi di laurea sulle tenie, lunghe strisce di cellule che crescevano nell'animale che li ospitava: guardandole, chi avrebbe potuto pensare che la vita fosse un miracolo, o almeno qualcosa di importante?

Al piano di sopra, sua moglie continuava a dormire; la cagna, distesa sul tappeto, respirava con regolarità. Gli sarebbero sopravvissute entrambe. La stella marina aveva scelto di crescere solo nella sua scatola cranica; ora, quando lui inghiottiva vegetali e animali, nutriva anche quel miracolo insensato. Si alzò in piedi e andò alla finestra. Guardò il proprio riflesso sul vetro: il suo corpo stava morendo, e lui, chiuso là dentro, lo stava seguendo, in qualsiasi posto avesse deciso di finire. Il vento increspava un po' la superficie di quel mondo in miniatura, ma l'Universo nero che si vedeva attraverso le finestre sembrava immobile e muto da sempre. Fissò il lampione che dondolava sopra la strada, oltre al muro di recinzione; e poi guardò le piante, e l'erba, e gli parve di vedere, per un attimo, tutte le bestie che strisciavano in quel giardino, trascinando la loro fame instancabile da una foglia all'altra, e quelle che se ne stavano infilate dentro la terra da giorni, da mesi, per sfuggire ai loro insaziabili predatori, e quelle intente a costruire trappole mortali per le loro prede: da quanti miliardi di anni andava avanti quella lotta abominevole? Per quanto tempo sarebbe continuata? Poi, girandosi verso il salotto, vide la cagna assopita, le stampe alle pareti – c'era anche quella di Mirò –, le centinaia di libri allineati nella libreria, il baluginio azzurro della televisione, il divano che aveva scelto con sua moglie in un sabato pomeriggio di novembre, un cesto accanto alla poltrona con i giocattoli dei suoi nipotini e improvvisamente capì cos'era la vita – era quell'ammasso confuso di cose e, insieme, i suoi occhi che lo guardavano; e la morte era qualcosa che riguardava solo lui, e la sua sensazione, impossibile da condividere, di esistere. Poi, sulle scale per salire in camera, sentì che non voleva morire: che sarebbe stato disposto ad accettare che tutte le piante e tutti gli animali sparsi per il mondo finissero di colpo, se questo gli avrebbe garantito un giorno di vita in più.

Addio al celibato

Aveva bevuto troppo – talmente tanto da non riuscire a ricordare quando aveva iniziato, e cosa avesse bevuto. Ma, più o meno, sapeva dove si trovava. Due ragazze, del genere *completamente nude*, stavano ballando – si stavano *muovendo* – sulla pedana di un locale putrefatto, sotto una cascata di luci governate da un tecnico folle, o da un programma automatico in avaria, e lui le guardava da una specie di divano color vomito interamente ricoperto di macchie: un elefante, un coniglio, una nuvola che cambiava forma. Le ballerine scuotevano i topi che tenevano in mezzo alle gambe; quel pelo fulvo, da cortina di ferro, copriva e allo stesso tempo indicava, come una freccia lampeggiante, l'apice di un gorgo di desideri e di liquidi misteriosi, il buco di un lavandino nel quale galleggiavano sciacquature e chissà cos'altro – ecco, un imbuto verso il centro del mondo: un vorace buco nero imbottito di mucose. Gli occhi degli uomini, tutti puntati su quei corpi, erano pesci che si muovevano in un denso acquario di ormoni, liquidi seminali, sperma filamentoso. Brutta cosa, la voglia di fica.

Aveva fatto il corso prematrimoniale sedici mesi prima. A tenere quelle lezioni, si erano alternati il parroco – un ermafrodito untuoso e con l'occhio da pedofilo in incognito – e una coppia di vecchi sessantottini convertiti a un cattolicesimo militante e intransigente. Con loro, c'erano altre otto coppie, metà delle quali si lasciarono prima di finire il corso. L'ultimo giorno, per festeggiare, erano andati a mangiarsi una pizza tutti insieme: la tavolata sembrava il funerale di qualcuno, o di qualcosa – poteva essere l'addio a un'idea in cui nessuno aveva mai creduto, o a un piacere che nessuno avrebbe più provato. C'era un'allegria da azione cattolica, da reparto malattie infettive – i bambini con il morbillo che ricevono regali attraverso il vetro, e sorridono pieni di croste ai loro genitori, e nessuno li vuole toccare. Parlarono delle case che stavano comprando, delle cerimonie che stavano allestendo, delle macchine che avrebbero noleggiato, del catering, del banqueting, del peeling chimico al quale le spose si sarebbero sottoposte per il giorno più bello della loro vita: un mese dopo, alle otto e mezza di un lunedì di merda, lui era in banca a chiedere un leasing. La responsabile dei fidi della sua filiale sbatteva dita inanellate sulla tastiera del PC, e intanto sorrideva – si era sposata da poco, e sapeva già tutto. Gli consigliò perfino il sarto che aveva fatto il vestito a suo marito: un modello grigio, con il cilindro e il farfallino, che probabilmente serviva a mettere in chiaro, da subito, il genere di umilianti sacrifici che il matrimonio avrebbe imposto. Lui firmò tutto quello che c'era da firmare e uscì con un cappio da cinquecento euro al mese, per tre anni.

Ora, mancavano due settimane, ed erano ancora in alto mare. I fiori, i parenti dell'America, il colore dei tovaglioli, le previsioni del tempo – tutto sembrava opporsi alla giornata perfetta. L'orafo aveva sbagliato la data incisa nelle fedi. Il fotografo era morto. La lista di nozze non si riusciva a chiuderla – mancavano le pentole di ghisa per la carne alla griglia, i ventiquattro bicchieri per il brandy, perfino il centro tavola delle grandi occasioni. E mentre, nel fetore buio del locale nel quale era stato trascinato da amici che non vedeva da anni, si scolava un'altra boccia di un alcolico dal gusto indefinito, si chiedeva se sarebbe sopravvissuto al suo addio al celibato, o se si sarebbe dovuto sposare postumo. Ecco, la sveglia che non suona la mattina, e cazzo cazzo cazzo. Cazzo, appunto: il tubo che aveva in mezzo alle gambe era ormai fuori dal suo controllo. In quelle condizioni, era difficile immaginare un'erezione; ma anche se quel mezzo etto di carne si fosse sollevato, non sarebbe mai venuto. I suoi amici, però, erano in trattativa con il proprietario del locale – una specie di molosso ucraino con le mani grandi come badili, un buttafuori che aveva buttato fuori il precedente proprietario a forza di minacce e ricatti e botte. Con i soldi che avevano raccolto, disse, potevano sperare al massimo in un pompino. O una sega più bottiglia di lambrusco. Prendere o lasciare. Chiesero al festeggiato se poteva andare bene, l'una o l'altra soluzione. Da sotto il divano, dove era rotolato, non riuscì ad aprire bocca, ma fece un cenno con la mano, una benedizione papale, un tremolio da Parkinson precoce, che fu interpretato come un sì, ma che in realtà era una domanda: era proprio necessario farlo? E se sì, qualcuno conosceva un sistema per simulare un orgasmo? Poi, mentre ritornava a sdraiarsi sul divano in finta pelle, si chiese dove poteva essere la sua futura moglie attuale fidanzata, che aveva insistito così tanto, e così insistentemente, perché fosse organizzato a tutti i costi quel simpatico calvario tra amici. Era anche lei chiusa in un orrendo buco, prigioniera delle sue amiche, con due mandinghi africani che coi loro corpi definivano nuovi significati del verbo *ballare*?

Quando l'aveva conosciuta, si era innamorato quasi subito, della sua moglie futura fidanzata attuale. Aveva dolcezza e sensualità in uguale misura. E un naso carino. Il corteggiamento era durato un mese, ed era stato meraviglioso. La prima volta che fecero l'amore insieme provò un'estasi mistica. Ma dopo un po' si rese conto che lei, quando scopavano, non sapeva andare a tempo. Che simulava i suoi orgasmi, e che era priva dello speciale talento artistico che serve per simularli. Scopare bene è come un buon racconto: le cose accadono nel momento esatto in cui devono succedere. Tuttavia, poiché il sesso è solo uno degli aspetti che compongono la felicità di una coppia, decise di concentrarsi sulla cultura. Era stata educata in qualche scuola a pagamento, dove insegnano anche le buone maniere. Pelava le mele con la forchetta e il coltello, senza mai toccarle. Non aveva mai ruttato – o, almeno, non in sua presenza. Ma che fine faceva tutta quell'aria? La buttava fuori per osmosi o aveva un sifone silenzioso e nascosto, attraverso il quale si svuotava periodicamente? Una volta sposati, avrebbe scoperto i suoi trucchi, ma non sapeva se sarebbe stato felice di sapere. Piuttosto, cosa avrebbe detto lei quando sarebbe stata costretta a lavargli le mutande, nel caso in cui lui non fosse riuscito a perdere quel brutto vizio di disegnare, sul retro dei boxer, incomprensibili macchie di Rorschach? Mentre cercava di capire se sarebbe sopravvissuto a quella notte, e alla vita che lo aspettava – sigillato nelle sue mutande, senza più poter scoreggiare per il resto della sua vita – gli stavano venendo su pensieri fetidi, come cipolle mal digerite. Mancavano due settimane, meno qualche ora – meno quella notte – ma il tempo aveva perso consistenza e direzione. Per quello che ne sapeva, poteva anche essere che non si sarebbe mai più fatto giorno.

Le due ragazze sulla pedana continuavano a muoversi. Una delle due era un gran pezzo di fica. L'altra, invece, doveva essere capitata là per caso. Non sapeva ballare. Non sapeva nemmeno muoversi. Sembrava che un burattinaio ubriaco, o idiota, o ubriaco *e* idiota, stesse muovendo a caso i fili attaccati alle sue mani e ai suoi piedi: la faceva saltellare di qua e di là, come un Pinocchio impazzito. Non aveva neppure il fisico adatto per fare quel genere di cose: le tette erano grandi, ma avevano un aspetto bovino, caseario, da centrale del latte, una dea madre capace di allattare il mondo intero. Il culo aveva passato la vita seduto a studiare. Doveva esserci stato uno scambio di pratiche all'agenzia di lavoro interinale, o alla frontiera con l'Est: in qualche istituto sotterraneo, c'era una ballerina dal corpo perfetto che seguiva esperimenti per cercare neutrini. I capelli sudati le si erano appiccicati al viso. Il viso si era appiccicato a un'espressione smarrita, da pecora sul patibolo pasquale. Gli occhi chiari non guardavano più da nessuna parte, come quelli acquosi dei maratoneti durante gli ultimi dieci chilometri, o di un pugile sfinito che spera di essere atterrato da un pugno in pieno mento. Non guardavano neppure lui, al quale il proprietario del locale l'aveva ormai promessa. E lui, disteso sul divano che ormai si era sciolto sotto il suo calore, osservava quel viso quadrato e inespressivo, e non vedeva nulla; ma poi ascoltò quel corpo con una parte del suo cervello che neppure sapeva di avere (un avanzo rettiliano, il residuo sporco di un'era carbonifera, una convoluzione cerebrale preverbale), e sentì un lamento, la voce di una bambina piena di rimpianto che piangeva impaurita, sentì la vergogna e un pudore calpestato. Piangeva là dentro, quella bambina: dentro a quel corpo imperfetto, dietro le tette mammifere, oltre gli occhi inespressivi, come un diamante infilato nel buco del culo di una montagna – perfetto da sempre, senza bisogno di essere visto – quella bambina piangeva. L'avrebbe abbracciata, la bestiolina: se la sarebbe appoggiata sulla spalla e l'avrebbe coccolata, così, a perdere, come faceva chissà quanti anni prima con chissà quale ragazza che aveva amato, e che poi aveva perduto. E avrebbe mandato a monte il matrimonio, per quella voce che piagnucolava di nascosto. Niente catering né banqueting: lui e la ballerina disarticolata in quell'antro scuro, senza dirsi una parola, per il resto dei loro giorni. E vaffanculo al farfallino e al cilindro. Vaffanculo anche ai parenti dell'America, alla Mercedes bianca, al prete e ai suoi chierichetti, ai finti orgasmi e al divano a tre piazze sul quale li avrebbe ricevuti come un perpetuo regalo di nozze. Un addio al celibato lungo una vita, ecco cosa avrebbe voluto. Quel divano a macchie, quella bambina che piangeva, quella vita così com'era, prendere o lasciare. Ma poi si addormentò, o svenne, o morì di morte apparente, perché si svegliò a casa sua, nel suo letto, già in pigiama, con il sole che entrava come un tir dalla finestra, la testa grande come un armadio, il cervello come un nastro VHS lasciato nel parabrezza per due mesi, e la sua moglie futura attuale fidanzata che gli passava un fazzoletto bagnato sulla fronte, e che gli chiedeva premurosa se andava tutto bene, e lui intanto continuava a domandare, come se stesse ancora dormendo, o sognando, o ancora vivendo: «Ma il pompino... alla fine, me l'ha fatto, il pompino?»

La forza dell'amore

La macchina era parcheggiata in una piazzola che costeggiava la strada; dentro, un uomo e una donna parlavano sottovoce, tenendosi le mani. Il sole filtrava attraverso i rami e le grandi foglie di un ippocastano.

Poco dopo, il marito di lei, che li aveva seguiti da lontano, di nascosto, tentò di sfondare il vetro della macchina con un martello, ma la lastra assorbì il colpo, piegandosi. La donna, che era seduta dal lato opposto, a sinistra, davanti al volante, iniziò a urlare terrorizzata. Dopo un po' di tentativi, il marito riuscì ad aprire la portiera destra: tirò fuori l'uomo, lo gettò a terra e gli diede due calci nello stomaco. Nel frattempo lei era uscita dalla macchina e aveva iniziato a correre ma fu raggiunta prima che riuscisse ad arrivare sulla strada principale. Venne trascinata per i capelli per qualche metro, fino alla macchina: lì, il marito, tenendola per la nuca, le sbatté la faccia sul cofano più volte, fino a che le urla disperate si fecero quasi impercettibili. Alla fine, cadde a terra, mezza tramortita; distesa, la faccia devastata, si lamentava con dei piccoli rantoli soffocati. Il marito si inginocchiò su di lei, e iniziò a piangere, tenendosi il viso tra le mani. Con un coltello che teneva in una specie di borsello, le tagliò la gola e lasciò cadere a terra la testa pesante: si sentì un tonfo, come di un masso caduto. Poi, puntò lo stesso coltello sul proprio torace, e con un gesto rapido lo infilò all'altezza del cuore. Lui, disteso a terra, rannicchiato come un feto, guardò quei due corpi immobili, l'uno sopra l'altro – come statue di cera, innocenti, nel centro della piazzola.

Si erano conosciuti a febbraio, a Milano, durante una fiera del turismo: lei bionda, occhi azzurri, con un costume tradizionale addosso, veniva spacciata per una ragazza slovacca allo stand di Bratislava; lui, in cerca di un'idea per passare le vacanze estive (le prime da quando si era separato dalla moglie), si era fermato a fare due chiacchiere con lei. Lei, con un catalogo in mano, gli illustrò la bellezza dei due castelli della città, della cattedrale di San Martino, della Chiesa Blu. Dopo un po', gli disse che le facevano male le gambe perché doveva stare in piedi tutto il giorno, senza potersi spostare; lui le portò una lattina di Coca Cola, e, più tardi, verso la fine della giornata, una bottiglia di birra, che bevvero insieme, appoggiati a un gigantesco cartellone di Bratislava vista dall'alto. Il giorno dopo, anche se ormai aveva deciso che avrebbe passato le prossime vacanze in Grecia, in una minuscola isola del Mare Egeo, tornò alla Fiera, e passò metà della giornata a chiacchierare con lei.

La sera, lei lo invitò a cena con quelli dello stand: andarono in una steak house dalle parti di Piazza Baracca, dove ordinarono una tagliata argentina. Parlando, lui scoprì che quel lavoro di hostess alla fiera del turismo era del tutto occasionale: durante l'anno lei lavorava come commessa in un negozio di intimo a Vicenza, e aveva accettato quella proposta per staccare un po'. Durante la serata, scoprirono di avere una passione in comune: Bruce Springsteen. Lui aveva una serie impressionante di bootleg, che le avrebbe duplicato il prima possibile; lei aveva visto una decina di suoi concerti in giro per l'Europa, e gli mostrò le foto sul suo cellulare; si emozionarono quando scoprirono che lui aveva un bootleg di un concerto al quale lei era andata. Più tardi, lui notò che lei non portava la fede, ma che era rimasto il segno chiaro di un anello portato per molto tempo, e tolto da poco – lo stesso segno che anche lui aveva dal giorno in cui aveva firmato l'accordo di separazione che l'avvocato di sua moglie gli aveva portato in ufficio. Più tardi, mentre lui la stava accompagnando in albergo, dalle parti di Corso Buenos Aires, lei gli chiese quale fosse la sua situazione sentimentale. Separato, rispose, e tu? Praticamente divorziata.

In realtà, stava provando a separarsi da almeno cinque anni, ma più tentava di farlo, e più suo marito le aumentava la morsa intorno al collo. Da principio, lui non aveva preso sul serio la richiesta di separazione; ma appena si era reso conto della serietà delle sue intenzioni, era diventato un'altra persona. Fino ad allora non aveva prestato grande attenzione a lei, se non durante i fine settimana, quando la obbligava a seguirlo in interminabili giri in bicicletta; dopo, invece, iniziò a non permetterle di uscire la sera, a seguirla ovunque andasse, a leggere i messaggi sul suo cellulare. Controllava ogni giorno il suo profilo su Facebook, per cercare qualcosa che la compromettesse. Si era presentato diverse volte nel negozio di intimo dove lei lavorava, con la tuta dell'Enel addosso, e le faceva un sacco di domande; alla fine, la titolare gli aveva vietato di entrare. La sera passava a prenderla e poi, in macchina, bestemmiando, le urlava che era pazza, oppure piagnucolava, dicendo che lui senza di lei non sarebbe mai riuscito a sopravvivere; altre volte le prometteva una vita completamente diversa. Lei continuava a ripetergli che non aveva senso cercare di convincerla a cambiare idea – che lei non lo amava più, e che non poteva farci niente. Lui diceva che era impossibile, che doveva per forza esserle successo qualcosa, e l'accusava di avere una relazione con qualcuno. Quando arrivavano a casa, dopo una cena consumata in silenzio, lui la costringeva con la forza a fare l'amore – andava avanti per ore, con una determinazione cieca e insensata, alternando gesti di tenerezza a scatti di rabbia furiosa; là sotto, lei stava zitta, cercando di capire come avrebbe potuto liberarsi di quell'uomo.

«Da quanto tempo dura questa relazione?»

«Da circa due mesi».

«Lui l'ha mai contattata?»

«No. Non so neanche che faccia abbia».

«Però ieri, al telefono, quando ci siamo sentiti, mi ha detto che lui la sta minacciando. Ho capito bene?»

«In un certo senso, sì. Sua moglie, cioè la donna che frequento, mi dice che lui ha giurato di uccidere lei e il suo amante».

«E la donna che... la donna che frequenta ritiene che queste minacce siano concrete? Realizzabili?»

«Non so, lei mi sembra tutto sommato tranquilla, ma a volte ho il sospetto che lei stia... come dire... sottovalutando il pericolo».

«Sa se lui ha armi, in casa?»

«No. Cioè: no, non lo so. Spero di no, ma non lo posso escludere».

«E cosa posso fare io per lei?»

«Non ne ho la minima idea. Non mi sono mai trovato in una situazione simile. Ha mai avuto esperienze di questo tipo? È possibile fare qualcosa per prevenire?»

«Un'agenzia investigativa vive di mariti che fanno pedinare le mogli, e di mogli che fanno pedinare i mariti. È questo il nostro business. Tutte le altre voci che vede nei nostri biglietti da visita, o nel sito, sono del tutto trascurabili: dipendenti disonesti, indagini patrimoniali, figli che potrebbero drogarsi... se fossero solo questi, i problemi, non avremmo neanche il pane per mangiare. Nel novanta per cento dei casi, quelli che fanno il nostro lavoro si trovano esattamente dalla parte opposta rispetto alla sua. Di solito, noi seguiamo quelli come lei, e come la donna che frequenta – li fotografiamo, li intercettiamo, ne registriamo i movimenti. Poi, consegniamo la documentazione a chi ce l'ha commissionata, e quindi usciamo di scena».

«È possibile che quell'uomo mi stia facendo pedinare?»

«Può essere. Gli uomini traditi perdono la testa».

«Fino a che punto?»

«Be', li legge anche lei i giornali, no? Non voglio spaventarla, ma tutti gli amanti corrono rischi piuttosto seri, che spesso trascurano. Nella maggioranza dei casi, i mariti traditi iniziano a bere, o cambiano look, o si iscrivono in palestra, o iniziano ad andare a puttane – insomma, cercano di trovare una via d'uscita, anche provvisoria. Cercano di superare il momento più duro, in attesa di rimettersi in piedi. Ma qualcuno, invece, non molla. Per amore, si è disposti a tutto».

«Amore? Uno che minaccia di uccidere sua moglie, la ama?»

«Lo trova strano? Pensi agli animali. A cosa è disposto a fare un maschio contro un suo rivale. In natura, le aggressioni intraspecie derivano quasi esclusivamente dalla competizione amorosa. Le femmine stanno a guardare».

«Ok, ma noi non siamo bestie».

«Dice? Se posso parlare in tutta franchezza... perché vuole questa donna? Non può proprio farne a meno?»

«Cosa sta dicendo?»

«Se ritiene che sia semplice rinunciare a una donna, perché lei non è in grado di farlo? Ci pensi. Lei sta sfidando una delle spinte più antiche di tutti i tempi: l'implacabile forza dell'amore che lega un maschio alla sua femmina. Ne vale davvero la pena? È disposto a mettere a repentaglio la sua vita, e quella della donna con cui si vede? Dipende da lei. Si fermi adesso, e il problema è risolto. Io posso farla sorvegliare da qualcuno, ma dovrà vendere la casa, per pagarmi, e ancora non le basterà. Non può riuscire a proteggersi per tutta la vita. Se vuole andare avanti con questa storia, si compri una pistola, o vada a vivere in Messico, o in Nuova Zelanda. Lei sta rischiando; sta rischiando di *morire*».

Dopo la fiera, lui era andato a trovarla a Vicenza, verso la fine di febbraio; si rividero ai primi di marzo, e poi intorno al quindici. L'aria aveva iniziato a profumare di primavera, e le sere erano diventate improvvisamente tiepide. Si incontravano in una birreria con dei tavolini sul retro, sotto una pergola, o in macchina, lungo strade di periferia. In aprile, poco prima di Pasqua, capirono di essere innamorati l'uno dell'altra; l'unico ostacolo alla loro relazione era l'assurda opposizione di suo marito alla separazione.

«Che tipo è, tuo marito?»

«Un uomo incapace di essere felice. Ha avuto una famiglia orrenda, e credo che questo lo abbia sempre condizionato. Sua madre è... è un mostro di ignoranza e di cattiveria. Ha ricattato moralmente tutti i suoi figli, per anni; i fratelli di mio marito ne sono venuti fuori, si sono emancipati, hanno delle belle famiglie; lui, no. Se lei lo chiama, lui corre subito, mollando qualsiasi cosa. Da quando la conosco, è sempre in punto di morte, e lui continua a credere che sia vero. Suo padre è stato un alcolizzato, di quelli che quando tornano a casa menano tutti; poi mia suocera l'ha obbligato a smettere, ed è stato quasi peggio, perché è diventato una specie di mummia lobotomizzata. La sua rabbia, in realtà, gli serviva a coprire un vuoto assoluto».

«Tuo marito beve?»

«È astemio. Credo che abbia vissuto male l'alcolismo di suo padre, e come reazione è diventato una specie di salutista... pesa tutto quello che mangia, legge le calorie sui vasetti, non mette mai insieme carboidrati e proteine. Si tiene bene. È in forma».

«Però è infelice».

«Sì, lo è sempre stato. A casa, la sera, mi racconta di quello che gli succede al lavoro, e dice sempre le stesse cose, da dieci anni. Per un motivo che non conosco, c'è sempre qualcuno che sta cercando di metterglielo nel culo – tieni conto che lui è un tecnico dell'ENEL, uno di quelli che va con il furgoncino a verificare i contatori nelle case: che razza di conflitti ci possono essere, in un ambiente come quello? Eppure c'è sempre qualcuno che glielo vuole mettere in culo: questo mi racconta. E mi racconta che lui è furbo perché capisce sempre tutto in anticipo e quindi alla fine non riescono mai a fregarlo. E anzi, prima o poi glielo metterà lui, in culo, ai suoi colleghi. Non sono mai riuscita a sapere come vanno a finire, poi, questi intrighi. I nomi cambiano sempre, ma a volte mi sembra che i suoi vecchi nemici siano diventati amici, e che quelli di cui si fidava ora sono delle carogne».

Il sole filtrava attraverso le foglie di un platano che cresceva ai bordi della piazzola nella quale avevano parcheggiato, e, attraverso il parabrezza, disegnava ombre sui loro vestiti. Lui le prese le mani e, sottovoce, chiese:

«Quand'è che vieni a Milano?»

«Alla fiera?»

«No. A vivere con me».

«Dici sul serio?»

«Certo».

«Devo riuscire a separarmi. Lui non molla, non ne vuole sapere».

«Non credo serva il suo consenso, no? Tipicamente, due persone si separano proprio perché non riescono più a prendere decisioni insieme».

«Se me ne vado, è abbandono di tetto coniugale. Perdo la casa».

«È così importante?»

«Ci ho messo tutti i miei risparmi. Non sarebbe giusto».

«Hai parlato con un avvocato?»

«Sì, è un vecchio amico. Mi consiglia di aspettare. Dice di provare a convincerlo con le buone. Ho il sospetto che mio marito sappia di una storia che ho avuto qualche anno fa, e c'è il rischio che la usi per impormi un divorzio con addebito».

«Sa anche di noi?»

«Scherzi? Non mi lascerebbe più uscire di casa, neanche per andare a lavoro».

«Ma come può imporsi in questo modo?»

«Con la forza».

«Ti minaccia?»

«Sì... Io cerco di non farci più caso, ma continua a dirmi che se scopre che ho un altro mi ammazza. E ammazza anche l'altro. L'altro saresti tu...»

«Davvero dice così?»

«Sì, continua a ripetermelo ogni giorno. È un incubo. Gli dico: ma se dici di amarmi, come puoi pensare di farmi del male?»

«E lui cosa dice?»

«Che o sto con lui o non sto con nessuno. Che l'ho sposato, e che quindi ho preso un impegno, e che adesso non posso tirarmi indietro. Credo siano le banalità che gli suggerisce la madre, quando si sentono al telefono. Lei non mi rivolge più la parola, e alle sue amiche dice che sono una puttana».

«Ma perché hai sposato uno così?»

«Sono rimasta incinta. Avevo poco più di vent'anni, e lo conoscevo di vista. Era un bel ragazzo, alto, con un sorriso un po' malinconico. Sono uscita qualche sera con lui – frequentavamo la stessa compagnia. Poi siamo andati a letto insieme, due volte. Non mi sono venute le mestruazioni, e glielo ho detto. Ho pensato di abortire, ma lui mi ha convinto che sarebbe stato meglio sposarsi. Io non sapevo cosa fare – avevo perso i miei genitori due anni prima, ero sola, e ho detto di sì. Il giorno del matrimonio è stato penoso. Sua madre mi guardava come se gli avessi ucciso il figlio. Suo padre era ancora nella fase alcolista – un mostro. Non siamo neanche andati in luna di miele. Dopo meno di un mese, ha iniziato a dirmi che con quel figlio l'avevo fregato, che glielo avevo messo in culo. Alla fine l'ho perso, il bambino – ero al quinto mese, ed è stato terribile, come partorire un morto. Lui mi è stato vicino, e per un po' ha messo da parte il risentimento di sua madre, ma io avevo già capito che non lo amavo, che quel matrimonio era stato uno sbaglio. Ora che non c'era il bambino, mi sembrava che fosse venuto meno l'unico motivo per il quale ci eravamo sposati – vivevo con una specie di estraneo, in casa. Ma credevo che ormai fosse troppo tardi, e io ero troppo giovane per gestire una situazione del genere. Mi sono condannata da sola; e ora sono passati dieci anni, e sono pronta per una nuova vita, e quest'uomo mi minaccia... mi minaccia di morte perché mi ama. Perché sta succedendo a me? Non mi lascerà mai andare, mai...»

Il viso di lei si riempì di lacrime; lui, allora, le strinse più forte le mani, e le baciò le dita. Sentivano di amare, e di essere amati, come non avevano mai amato, e come non erano mai stati amati. Non avrebbero meritato qualcosa di meglio di quelle birre bevute di nascosto, di quei baci rubati a trent'anni, in macchina? Lui la guardava con occhi pieni di dolcezza, e con dolcezza le diceva di smettere di piangere, che qualcosa avrebbero escogitato. Poi, quando lei si asciugò le lacrime, iniziarono a parlare del futuro pieno di bambini che di sicuro li attendeva, di come non sarebbe stato più necessario nascondersi, e di come avrebbero risolto ogni cosa; dicevano di no all'idea di non vedersi più, o anche di non vedersi per lungo tempo, e poi ridevano, con gli occhi ancora umidi, come fanno i bambini dopo uno spavento, o quando si danno coraggio; e si stringevano le mani, e sembrava che la soluzione si sarebbe trovata, che in qualche modo la forza dell'amore avrebbe vinto, e che presto, per loro, sarebbe iniziata una vita nuova e bellissima.

Acido desossiribonucleico

Era rimasta incinta nel modo più classico e stupido: il preservativo, tirato fuori dalla confezione, si era lacerato, permettendo così al seme del suo compagno di raggiungere la tuba di Falloppio. Là dentro uno spermatozoo aveva raggiunto l'ovulo e ne aveva perforato la parete, dando così inizio alla mitosi di una nuova cellula. Erano bastati pochi minuti per definire il progetto di un nuovo individuo: lei aveva messo ventitré cromosomi, lui gli altri ventitré, e quindi era iniziata la lotta tra geni dominanti e geni recessivi. In palio, c'erano i contorni degli organi interni, le circonvoluzioni del cervello, il colore degli occhi, il grado di propensione alla depressione e al gioco d'azzardo, la base di partenza sulla quale costruire i futuri gusti sessuali, la lunghezza dell'alluce rispetto all'indice dei piedi, i talenti, i denti e la mandibola, il tono della voce, il sesso. E il viso.

Il suo compagno si era mostrato molto sereno, come fosse ingenuamente convinto che la procreazione richiedesse una volontà consapevole, assente nel momento di quel preciso orgasmo. Mesi prima, mentre erano in vacanza a Malta – un regalo di alcuni amici – avevano parlato della possibilità di avere figli, e sebbene a lui non sarebbe dispiaciuto averne uno, perché aveva trentacinque anni, e conservava bei ricordi della propria infanzia, il *no* categorico di lei aveva reso inutile qualsiasi ulteriore considerazione.

Ma lei era preoccupata. Quando si era resa conto di quello che era successo, aveva subito calcolato quanti giorni erano passati dall'ultima mestruazione, usando come punto di riferimento la domenica in cui era andata in una piscina termale con la sorella del suo compagno, e il marito di lei. Nello spogliatoio, mentre si metteva il costume, si era accorta, con un certo disappunto (il biglietto di ingresso era costato sedici euro, e non aveva nessun Tampax a portata di mano), che le erano appena venute. Aveva passato il pomeriggio distesa su una sdraio di plastica bianca, a bordo vasca, leggendo il noir svedese che il marito della sorella del suo compagno aveva portato con sé, o buttando occhiate annoiate e un po' risentite verso la piscina. Da quella noiosissima giornata erano passati quattordici giorni. Era a metà del ciclo. E poiché lo avevano fatto in macchina – un'idea del suo compagno, che riteneva fosse molto *vintage* farlo in una stradina male illuminata quando entrambi (non convivevano) avevano un appartamento libero a disposizione – non aveva neppure potuto infilarsi in doccia e pulirsi: lo sperma era rimasto almeno un'ora dentro di lei, facendo tutto quello che la natura prevedeva facesse.

Tre settimane dopo, nei bagni del Tribunale di Venezia dove lavorava, urinò su un tester per la gravidanza che aveva comprato all'Auchan. Le tremavano le mani, e le sembrava che lo stomaco pesasse una tonnellata. Nel gabinetto accanto, una collega continuava a tirare l'acqua per coprire i rumori di una evacuazione piuttosto difficoltosa. Seduta sul cesso, con le mutande abbassate, chiuse gli occhi e contò fino a sessanta, e per tutti i sessanta secondi volle credere che da qualche parte esistesse un Dio capace di ascoltare la sua umile preghiera. Li riaprì. Guardò il tester. C'erano due linee, ben evidenti, una accanto all'altra, la curiosa firma che, nel ventunesimo secolo, la vita aveva scelto per comunicare la propria insistenza.

La giornata continuò con la consistenza dei sogni: voci attutite e lontane, ondeggiare di muri, fastidiosi squilli di telefono. In giro per il Tribunale c'erano le telecamere di Canale 5, che cercavano informazioni su un processo la cui prima udienza era stata fissata per quel giorno – un uomo era accusato di aver ucciso la moglie e di averne fatto sparire il corpo. Fermavano tutti, con la speranza di trovare qualcuno disposto a raccontare qualche retroscena capace di rovesciare un verdetto che, a detta di molti, sembrava già scritto.

Un giudice delle udienze preliminari la incrociò in un corridoio e le offrì un caffè; davanti alla macchinetta, lui abbozzò un blando tentativo di corteggiamento, quasi pro forma. Prima di mezzogiorno una della cancelleria, che spesso incontrava in treno, la invitò a uscire per fumare insieme: il cielo era azzurro, e l'estate stava ritirando il suo manto afoso, lasciando il posto a un autunno limpido e fresco.

Pranzò da sola – una piadina e una coca cola in un bar dall'altra parte di Rialto. Alle pareti c'erano vecchi proverbi veneti sul vino, e sui suoi benefici effetti. Il suo compagno la chiamò alle due – era dalle parti di Trento, dove aveva avuto una riunione, e il termometro della macchina segnava sette gradi – ma non le chiese niente delle mestruazioni che non erano ancora arrivate e lei non disse nulla del tester sul quale aveva pisciato qualche ora prima. Lui, tra l'altro, non si accorse della voce che le tremava, e questo la rincuorò. Nel pomeriggio, cercò su Google il modo per calcolare la data prevista del parto – metà giugno –, le dimensioni dell'embrione a tre settimane dal concepimento, le strutture alle quali si sarebbe potuta rivolgere per un supporto, e il termine ultimo entro il quale era possibile abortire. Dopo due conti, seppe che suo figlio, o quel grumo di cellule in rapida espansione (punti di vista) non sarebbe arrivato a Natale.

Per anni era passata davanti al consultorio di Padova, senza sapere cosa fosse, cosa facessero lì dentro, a cosa servisse. Telefonò per fissare una visita. Due giorni dopo prese un giorno di ferie, e si presentò all'appuntamento con un vestito scuro. Nella piccola sala d'aspetto – una stanza dimessa con dei quadri astratti alle pareti, e un tavolino pieno di opuscoli pubblicitari nel centro – c'era una ragazza rumena, o ucraina, che parlava sottovoce al telefono. Aveva il naso piccolo, a punta, gli occhi azzurri incassati sotto una fronte bianca e dritta, e l'aria impaurita. Dalla finestra entrava la luce improbabile delle mattine in cui si stava a casa da scuola, una tonalità da influenza, vomito e tosse. Dalla strada sotto arrivavano i clacson delle macchine in colonna al semaforo, e un rombo basso e costante di motori stanchi. Poco più in là si vedevano i binari bagnati che entravano in stazione, e quando il vento girava per il verso giusto si sentivano gli annunci dei treni in ritardo, e l'instancabile, premuroso invito ad allontanarsi dalla linea gialla. Per un attimo le sembrò inspiegabile l'accanimento col quale la gente voleva rimanere in vita: il mondo, e ogni singola giornata, offrivano poche attrazioni degne di nota. Poi guardò il proprio riflesso nel vetro di un quadro. Quanti anni erano passati dal primo intervento? C'era stato un errore durante la progettazione del suo corpo, simile a quello che colpisce quegli uomini che sentono, fin dalla tenera età, di aver ricevuto il sesso sbagliato: a lei, avevano dato la faccia di un'altra persona. Per questo, aveva iniziato a lavorare appena finite le scuole, e coi primi feroci risparmi s'era fatta sistemare il naso; un anno dopo aveva ridotto il mento, e sollevato gli zigomi, e quindi era intervenuta sulle orecchie. A ventitré anni, un vecchio parente incrociato in centro, a Padova, non l'aveva riconosciuta. Fu il giorno più bello della sua vita. La brutta ragazza che era stata, quell'anatroccolo che non veniva mai notato alle feste, la ruota di scorta di ogni compagnia, aveva lasciato il posto a una donna diversa: a una donna i cui lineamenti corrispondevano in modo inequivocabile a ciò che stava dentro. La lunga, dolorosa, e costosa procedura per rettificare l'involucro aveva funzionato, e quando si specchiava nelle vetrine, nello specchio del bagno, nelle lenti degli occhiali da sole di chi la guardava, finalmente si riconosceva.

I suoi non avevano accettato la trasformazione. L'accusavano di superficialità, e tiravano in ballo le veline, il Grande Fratello, la televisione, il consumismo. Litigarono, e smisero di parlarsi. Anni dopo, una domenica aveva visto sua madre uscire da una pasticceria; anche se le si strinse il cuore, non ebbe il coraggio di avvicinarla. Soffriva, per quella distanza, ma sapeva con certezza che la vera superficialità era considerare il corpo come un mero accidente, un dato di fatto che non aveva nulla a che fare con la propria esistenza. Ma il viso era tutto ciò che gli altri possedevano di lei: nei ricordi degli amici e delle persone che amava, nei loro sogni, nell'idea che avevano di lei, c'erano sempre la faccia, gli occhi, il naso... Non voleva essere pensata in un modo diverso da quello che era.

Venne il suo turno, ed ebbe un attimo di smarrimento – non era sicura di voler sostenere un dialogo sulla sua intenzione di abortire. La dottoressa, però, fu avara di domande; sembrava dispiaciuta, ma non per lei – dispiaciuta in generale, dispiaciuta di essere in quel consultorio a fare quel lavoro, o di essere alla soglia dei quaranta senza una fede al dito. La visitò velocemente – come un meccanico esperto che si concentra sulle cose essenziali. Poi, con tono neutro e distante, le spiegò le alternative che lo Stato offriva per evitare l'aborto; le diede anche un opuscolo sui metodi contraccettivi, perché, disse, non ci si dovrebbe mai trovare nelle condizioni di dover prendere una decisione così difficile. Quindi, sbrigate le formalità, fissarono la data dell'intervento.

La sera andò a cena con il compagno, in un bellissimo agriturismo in mezzo ai campi. Avrebbe voluto continuare a nascondersi, ma sentiva che una bugia di quelle dimensioni avrebbe creato un solco irreversibile; tra il primo (tortellini con le pere) e il secondo (tagliata all'aceto balsamico con contorno di patate) gli disse che era rimasta incinta, e che non aveva intenzione di partorire.

Lui la fissò per qualche istante. Con le dita aveva appena finito di fare una pallina di mollica, che faceva rotolare lentamente lungo il corpo liscio della forchetta; l'altra mano, invece, stava appoggiata al tavolo, aperta e immobile. Con lo sguardo fisso su un ornamento floreale del piatto, le disse: «È una decisione che dovremmo prendere insieme, no?»

«No».

«I figli... riguardano il futuro di entrambi».

«Io non voglio avere figli. Se tu non li volessi, non avrei modo di obbligarti. E tu non devi obbligare me».

«È perché non siamo sposati?»

Il cameriere portò via i piatti, in silenzio.

«Non c'entra nulla».

«Possiamo sposarci. Io potrei cercare un lavoro più stanziale, che non mi faccia andare sempre in giro. So che a Padova cercano persone con il mio profilo. Potrei mandare dei curriculum».

«Non cambierebbe nulla. Guarda, davvero, non ho voglia di parlarne. Ho già fissato il giorno».

«Sai già se è maschio o femmina?»

«Che razza di domanda è? Non lo voglio sapere».

«Preferirei una femmina. Ti somiglierebbe».

Fu allora che le venne da piangere. In quei giorni aveva provato in tutti i modi a zittire la ragazza con il naso camuso, le orecchie a sventola e il mento sporgente che si portava dentro – quella che non poteva permettersi il lusso del compromesso – e aveva cercato di trovare motivi accettabili, qualcosa in grado di spiegare il rifiuto di partorire; ma il centro del suo *no*, la sorgente inesauribile della sua opposizione, aveva un nome impronunciabile. Gli interventi maxillofacciali, le ossa che avevano dovuto rompere, la pelle cucita secondo precisi canoni estetici, non erano stati in grado di piegare o trasformare i suoi cromosomi: la creatura che stava crescendo nella sua pancia avrebbe avuto la faccia che lei, con tanta fatica, aveva abbandonato.

Durante il tragitto verso una delle loro case – non avevano ancora deciso quale –, rimasero quasi sempre in silenzio. Lui era più dispiaciuto che arrabbiato. Aveva provato a convincerla che valeva la pena provare a tenere il bambino, ma si era arreso, con una smorfia di amarezza. Lei, che non avrebbe mai potuto spiegare i motivi di quella decisione, si era chiesta se il rimpianto per quell'occasione perduta si sarebbe stemperato con il tempo, o avrebbe aperto una voragine di recriminazioni nella quale sarebbero sprofondati.

La campagna che stavano abbandonando era immersa nel buio, e pareva sconfinata. Sopra i fossi che separavano i campi si intravedeva il respiro bianco dell'acqua. Una calotta di luce gialla, appoggiata sulla città che si avvicinava lentamente, copriva le stelle. Lei, appoggiata al finestrino, un po' guardava fuori e un po' fissava il proprio viso riflesso sul parabrezza. Quando si erano messi insieme, il suo compagno le aveva confessato che si era innamorato di lei per lo charme francese dei suoi lineamenti; le aveva fatto piacere, ma accettando quel complimento, accettando che fosse proprio quello l'elemento fondante del loro amore, aveva compromesso il futuro dei suoi possibili figli. Anni prima aveva distrutto le poche foto di quando era ragazza – ricordava il falò azzurrino in un parco umido di pioggia, il crepitio secco, il mucchietto di cenere nera – e la cancellazione del passato le era sembrato un gesto legittimo, e possibile; ma le forme di quel passato che attraverso i sottili filamenti di acido desossiribonucleico si erano tramandate di madre in figlio per milioni di anni, ora stavano tornando alla luce come una prova nascosta in modo maldestro. Il frutto del suo ventre sarebbe stato un testimone inconsapevole di quell'inganno, un'incontrovertibile prova a suo carico, come il luminol dei RIS che smaschera le tracce organiche in una stanza all'apparenza immacolata. Aveva pochi giorni, suo figlio, ed era già contro di lei. Un mafioso pentito. Come avrebbe potuto spiegare questo al suo compagno? Come poteva dirgli quello che sentiva? Lei non poteva parlare, e lui non poteva capire.

Lui si girò di scatto, la guardò, e con un filo di voce le disse che era bella, come per farle capire che non c'erano problemi, che l'avrebbe perdonata; e lei provò a sorridere, ma quando tornò a specchiarsi nel parabrezza le parve di intravedere, oltre i suoi lineamenti, un buco nero e freddissimo di sconfinato dolore.

Il bacio

Pensando a come era iniziata quella giornata, a quando era cominciata, gli sembrò di guardare verso un punto lontano, perso in qualche palude piena di vapori: i contorni indefiniti della sua ragazza ancora a letto, immersa nel sonno, che si girava sul fianco destro, dopo che lui l'aveva salutata senza ricevere nient'altro che un assonnato *buon giorno*, sembravano appartenere a un anno precedente, oppure a una vita che aveva attraversato di striscio, ma che non gli apparteneva più. Eppure, era solo 18 ore prima.

Aveva fatto colazione al bar – un cappuccino e una brioche con crema cotta – e poi era andato all'Università in autobus, a supportare il professore che l'aveva seguito durante la tesi, e che ora gli stava dando la possibilità di entrare a lavorare in Ospedale.

Aveva pranzato con un panino al tonno e peperoni, in una specie di self service dalle parti del Tribunale, dove si era visto con alcuni amici per parlare di un nuovo appartamento nel quale probabilmente si sarebbe trasferito nelle prossime settimane. I rapporti con la sua ragazza erano sempre più rarefatti: si vedevano sempre meno, e sempre peggio. Non trovavano nemmeno il tempo per parlare del tempo che non avevano.

Più tardi, nel primo pomeriggio, era andato al Pronto Soccorso, dove era di turno dalle due fino alle otto di sera. Assieme alla routine quotidiana fatta di caviglie slogate, colpi di frusta, abrasioni da caduta, ingestione di sostanze tossiche, tagli più o meno profondi (e più o meno volontari) ad ogni parte del corpo, di dolori sospetti al braccio sinistro, di dolori sospetti al torace, e alla testa, e al braccio destro, erano arrivati alcuni casi particolarmente gravi: un ictus di un sessantacinquenne, un infarto di un quarantaseienne, un sospetto di peritonite per una vecchia che pesava trenta chili, e un incidente con probabile lesione della spina dorsale per un ragazzo di sedici anni. Alle otto di sera, il suo lavoro era praticamente appena iniziato, e ancora non era riuscito a telefonare alla sua ragazza per sentire come andava. Intorno a mezzanotte, con il fiato corto per la fatica, le aveva mandato un sms; aveva aspettato un quarto d'ora con il telefono in mano, mentre nell'altra teneva una mela – la sua cena – ma lei non aveva risposto. Si stava preparando per tornare a casa, quando il professore lo chiamò, per dirgli che aveva bisogno che andasse nel reparto di Neurochirurgia, a sostituire un dottore ammalato. Gli chiese se se la sentiva, se era in grado di dare una mano. Lui dovette rispondere di sì. Si dette una sciacquata veloce nei bagni del Pronto Soccorso, e andò al sesto piano. Lo accolse un dottore sulla quarantina. Dopo aver chiacchierato un po', si spostarono nella guardiola del medico di turno, e iniziarono a parlare sottovoce.

«Da quanto tempo va avanti così?»

«Così come?»

«Così. Così a gridare, a ripetere la stessa cosa».

«È stata operata sei giorni fa. È stata zitta due giorni, e poi ha iniziato. Prima piano, poi forte. Prima una volta all'ora, ora ogni cinque minuti».

«Cosa aveva?»

«Un meningioma grande come un'arancia, sul lato destro della testa. Era diventata completamente sorda, ma il suo otorino le aveva prescritto del cortisone da sparare dentro al condotto uditivo. Un giorno sua figlia è andata a trovarla a casa e l'ha trovata che giocava con la sua cacca, in salotto, completamente nuda».

«E adesso?»

«Adesso le abbiamo tolto l'arancia, e ci sente. Non le sembra vero di poter sentire di nuovo la sua voce. Credo sia anche per questo che grida. Non so se tornerà in sé – personalmente, penso di sì, ma in questi casi non si può mai avere la certezza. Bisogna aspettare. Anche perché non sappiamo come fosse prima. Ma a te, chi ti ha mandato qui?»

«Il mio professore della tesi. Il primario di Pneumologia. Credo voglia mettermi alla prova, o qualcosa del genere. Verificare la mia resistenza, la mia dedizione, la disponibilità».

«Non eri mai stato a Neurochirurgia?»

«Anni fa, quando studiavo. Poco più di un giro del reparto. Mi ricordo che c'era un ragazzino che era stato appena operato al cervello, e mi aveva fatto una grande impressione».

«Succede più spesso di quanto si vorrebbe. Arrivano qui che non stanno in piedi, o che non ci vedono. Più della metà escono sulle loro gambe, guariti. Si vorrebbe salvarli tutti, ma a quell'età, se c'è un problema di questo tipo, spesso è devastante. Cose congenite, pezzi mal progettati, o male assemblati. La mortalità infantile è determinata soprattutto da questo. Da che ora sei in piedi?»

«Sei e un quarto».

«Hai preso qualcosa per stare sveglio?»

«Caffè».

«Se vuoi qui posso darti qualche aiutino. Non si dovrebbe, ma nel tuo caso si può fare un'eccezione. Non credo che dovrai operare qualcuno, questa notte».

«Credo di no. Penso di essere qua per rianimarti nel caso tu crollassi».

«Il pilota d'emergenza. Vuoi che andiamo a vedere se riusciamo a mettere un po' più tranquilla questa donna?»

Uscirono dal chiarore al neon della guardiola, ed entrarono nel buio azzurro del corridoio. Ai lati, le lucette basse davanti alle camere sembravano lumini di un piccolo cimitero metropolitano. Si sentivano sussurri, piccoli lamenti, voci sommesse, preghiere, fiati nell'oscurità. In una camera, vide una signora addormentata su una sedia, con la bocca aperta, la testa girata all'indietro, le mani in grembo: faceva compagnia a un lenzuolo bianco che copriva il rilievo di qualcosa di magro, dal quale sbucava una sfera grigia – probabilmente la testa di suo marito, o di suo padre. In un'altra camera, una vecchietta stava seduta sul letto, con lo sguardo spiritato, e teneva in mano un rosario di legno lungo un metro. Arrivarono all'altezza della camera della donna che gridava. Dentro, c'erano una badante con lo sguardo rapace, e un'infermiera. La paziente, la cui testa era completamente fasciata, stava seduta sul letto, circondata dalle sbarre, e stava chiamando, ormai da quasi un'ora un certo Massimo.

«Signora, che succede? Tutto bene?»

«Sei Massimo?»

«No, sono il dottore».

«Non sei Massimo?»

«No. Chi è questo Massimo?»

«Mio marito. Non sei Massimo?»

«Che ne dice se ora ci mettiamo un po' a dormire? Sta tenendo sveglio tutto il reparto».

«Dove è andato Massimo?» Non sembrava preoccupata, o angosciata da questa assenza; semplicemente pareva incapace di valutare il tempo che intercorreva tra una domanda e l'altra: chiedeva, riceveva una risposta, dimenticava e di nuovo chiedeva, tutto nel giro di qualche secondo.

Il medico di guardia si rivolse all'infermiera: «Ha provato a darle qualcosa?»

«Sì. Dieci minuti fa, ma non riesce ad addormentarsi».

Si rivolse a lui: «La metà dei problemi che hanno i nostri pazienti deriva dalle medicine che prendono qui. Quasi tutti i farmaci per gestire il postoperatorio producono allucinazioni».

Improvvisamente la donna, che aveva superato la sessantina, e che era grande e grossa, si mise in piedi sul letto e, saltando, si tirò su la camicia da notte, mostrando il triangolo peloso e grigio del pube. Rideva come una bambina monella.

«Sta' buona, svergognata!» le gridò la badante. Lei, però, non le dava retta e, continuando a saltare, e ridendo sempre più forte, copriva e scopriva le parti intime, come se volesse rinfrescarsi. Iniziò a cantare, con una voce rauca e sgraziata, una filastrocca in siciliano della quale si riuscivano ad intendere solo le parole *fica* e *merda*. Non solo aveva perso i freni inibitori, ma era anche regredita verso una sessualità infantile e coprolalica. In quella stanzetta, si agitava una dodicenne sporcacciona di settanta chili.

Il medico la guardava incuriosito, come se cercasse la soluzione di un problema. Poi disse alla badante di non preoccuparsi, di lasciarla sfogare – nel giro di una decina di minuti i sedativi avrebbero fatto effetto, e non aveva senso usare la forza su una donna appena tornata a essere felice. Chiese poi all'infermiera di badare che nessuno si facesse male, e salutò la donna. Lei lo guardò per un attimo; poi alzò ancora la vestaglia e offrendogli il pube disse: «Tieni, Massimo!»

«Terribile».

«Terribile cosa?»

«Come si comporta. È fuori di sé».

«Sono le stranezze del cervello. Una delle prime cose che devi imparare, qui, è che non ha senso giudicare. Non so se hai presente quei giocattoli in esposizione da Toys, quelli che per sentire il suono devi prima togliere una strisciolina di carta, e poi puoi premere il bottone... Qui involontariamente facciamo qualcosa di simile: togliamo la strisciolina che bloccava i pensieri, e dopo sentiamo quello che si agitava dentro alla testa della gente, e non poteva venire fuori. Qui, arrivano cervelli in sofferenza – sofferenza meccanica: masse, grumi di sangue, tumori, cisti, che premono da mesi, da anni. Qualche volta non si può fare niente – non apriamo neanche; in altri casi, facendo del nostro meglio restituiamo qualcosa ai pazienti: magari la vista, o l'udito, o la parola. Ma possono comunque rimanere danni permanenti, spesso del tutto inaspettati».

«Ma rimarrà così, la donna di là?»

«Chi, fica al vento? No, credo di no. La mia sensazione è che in questo momento siano i farmaci a darle problemi. Tra una ventina di giorni dovrebbe iniziare a tornare una persona normale – ammesso che prima lo sia stata: prima di ammalarsi intendo. Ha una famiglia strana. Suo marito, che in effetti si chiama Massimo, è più giovane di lei, ed è molto curato – non c'entra niente con la donna che abbiamo visto di là. Probabilmente questo meningioma ce l'aveva da molto più tempo di quello che loro credono, e aveva modificato il suo comportamento, il suo modo di vivere. I figli parlano della madre come di una persona stravagante, imprevedibile, bizzarra. È probabile che quando tornerà a casa –questione di due o tre giorni – e gli effetti dei farmaci spariranno, dovranno fare i conti con una persona nuova. Faranno fatica a riconoscerla. A lei, sembrerà di non aver vissuto per tanti anni, e magari non riconoscerà casa sua, i suoi oggetti, le sue cose. Questo pomeriggio il marito è venuto a trovarla – chiedeva anche a lui dov'era Massimo».

«E la badante?»

«La badante? Fa parte del folklore di questo reparto. C'è un rapporto quasi simbiotico, tra le badanti e Neurochirurgia. Hai presente quegli uccellini che mangiano sulla schiena dei rinoceronti, e gli tolgono gli insetti? Sono utili, e i pazienti sono utili a loro, perché gli danno la possibilità di lavorare. Tolleriamo anche l'invadenza che spesso le accompagna, e lasciamo che avvicinino quelli che entrano qua per la prima volta. Sono indispensabili».

«Mi sembrava un po' dura...»

«Esperienza. Non riuscirebbero a gestire persone con questo tipo di problemi, se non avessero polso. Questa, tra l'altro, sa che tra qualche giorno questa donna esce, e torna in Sicilia, al suo paese; così lei perderà il lavoro. Si sta già guardando intorno. Cercano persone abbastanza malandate da avere bisogno di assistenza a tempo pieno, ma non troppo moribonde – che abbiano ancora qualche mese di tormenti davanti, insomma. È cinico, ma le capisco. Dormono due o tre ore per notte, puliscono culi tutto il giorno, e poi mandano i soldi a casa, dove magari hanno una figlia che sta studiando per diventare dottoressa».

Mentre gli parlava, il medico giocava con una siringa: tirava su l'acqua da un bicchiere di carta, e la spruzzava a qualche metro di distanza. Aveva il viso stanco, ma continuava a mostrare un bel sorriso.

Rimasero in silenzio per qualche minuto, immersi nei suoni del reparto. Un uomo, al quale era stata bloccata una vasta emorragia cerebrale, continuava ad avere conati di vomito ogni dieci secondi; alcune donne parlavano sottovoce tra di loro, o stavano pregando; una voce smarrita di bambino chiamava la mamma.

«Cosa hai fatto di bello, oggi?» gli chiese il dottore.

«Un po' di pronto soccorso».

«Ti è piaciuto?»

«Lo faccio già da quasi un anno. È faticoso, ma è interessante, perché si vede un po' di tutto. C'è la sensazione di dover lottare sempre con il tempo, e questo... non so, è un po' come fare sport».

«Però!»

«Non prendermi alla lettera: al pronto soccorso c'è del sano agonismo, c'è una tensione positiva. Sai che se fai bene il tuo lavoro, puoi davvero salvare delle vite».

«Ma se lo fai male, le perdi. Diciamo che i gol che subisci sono persone che muoiono. Davvero ti piace tutto questo?»

«Le persone che arrivano in pronto soccorso, quelle gravi – non i tizi con le verruche o l'indigestione – io le considero già morte: allora anche una sola vita salvata diventa un ottimo risultato. Questa sera è arrivata una bambina che sembrava morta – aveva avuto una congestione in vasca da bagno. Il padre era terrorizzato; con lui c'era un altro bambino, credo che fosse il figlio maggiore, con i capelli ancora bagnati che continuava a piangere. Aveva sei o sette anni, e sembrava già incredulo. Be', siamo riusciti a salvarla: l'abbiamo tirata fuori dalla morte per i capelli. È come se l'avessimo partorita per la seconda volta. Il padre, che era convinto che non ce l'avrebbe fatta, sarebbe stato disposto a darci dieci anni della sua vita, per riaverla indietro; e invece questa salvezza non gli è costata nulla. Servizio pubblico. Lo facciamo per questo, no? Per questi miracoli. Tutto il resto non conta – il fatto che io sia precario, che guadagni una miseria... e che faccia orari assurdi. Mi credi se ti dico che oggi non sono ancora riuscito a sentire la mia ragazza?»

«Cosa dice lei, di questa vita?»

«Cosa dice? Non ne ho idea. Ci vediamo così poco che non so neppure cosa pensa. Qualche giorno fa mi ha detto che non aveva senso che io rimanessi a casa sua, che tanto non ci sono mai. Vuole affittare a un'altra studentessa, così rientra un po' delle spese. In pratica, mi ha messo fuori dalla porta. E non posso darle torto. Oggi sono uscito che stava dormendo, e quando tornerò sarà già uscita di casa, ma sarà passato un intero giorno, in mezzo. Un giorno in cui ho contribuito a salvare un po' di vite, e nel frattempo ho buttato nel cesso la mia. Tu? Sei sposato, hai figli, riesci a vederli?»

«Sono sposato da un anno. Mia moglie aspetta un bambino. È medico anche lei, sa che razza di vita ci tocca. Spero si riesca a venirci incontro. Sono le notti, che mi pesano. Domani so già che non riuscirò a dormire, e mi trascinerò per casa senza poter fare nulla; e quando arriverà la sera, farò fatica ad andare a letto. D'altra parte, qualcuno deve rimanere qua, in corsia, la notte. Le emergenze che gestiamo qui hanno a che fare con qualcosa di talmente delicato che anche un minuto può fare la differenza. Aspetta... la senti?»

«Pare si sia calmata...»

Dalla camera della donna arrivava una specie di lamento che cresceva e calava, come una ninna nanna minimalista, senza parole. Si alzarono e andarono nella stanza a dare un'occhiata. L'infermiera era seduta accanto al letto e teneva la mano della donna; la badante le accarezzava la testa. Le gambe della paziente erano coperte da un lenzuolo leggero; si intravedeva però una natica nuda, i resti bianchi e sudati della battaglia di prima. La nenia usciva da sola dalla bocca della paziente, e sembrava completamente fuori dal suo controllo – come se la parte più interna della donna (un nucleo misterioso, antico e fanciullesco) avesse deciso di cullare quel corpo che non ne voleva sapere di dormire. Dalle finestre entravano, di sbieco, una luce lunare e il fruscio delle foglie mosse dal vento. Lo sguardo della badante si era addolcito –

lei e l'infermiera sembravano due mamme che si prendevano cura della loro bambina.

Il dottore fece cenno all'infermiera di uscire. In corridoio, le chiese di dare un'occhiata all'uomo con i conati di vomito. Si intendevano con poche parole, quasi bastavano i gesti.

L'orologio segnava le due e un quarto. Sul tavolino c'erano un fornelletto elettrico e una moka da quattro. Il gorgoglio del caffè che usciva, e il profumo che si spandeva per la stanza, gli diedero un po' di coraggio. Alle sei avrebbe smontato, preso l'autobus, e sarebbe tornato a casa, ma non sarebbe andato a dormire subito: avrebbe preparato un altro caffè, avrebbe imburrato un po' di fette biscottate, avrebbe messo tutto su un vassoio, sarebbe entrato in camera della sua ragazza, e l'avrebbe svegliata così, come un cameriere amoroso. L'aveva fatto altre volte, ma ora sapeva che quel gesto tenero sarebbe stato uno degli ultimi: anche se sentiva che quella storia d'amore poggiava su basi solide – il sentimento c'era – diventava ogni giorno più consapevole che la loro relazione stava franando, inesorabilmente. Le parole non bastavano più. Era come se la porta che li aveva messi in comunicazione si fosse chiusa, e lui non riusciva più a trovare la chiave. Lei avrebbe bevuto il caffè, avrebbe mangiato le fette biscottate, ma non sarebbe successo niente: avrebbero continuato a guardarsi come due tizi che si trovano in treno, e che dopo aver fatto conversazione sono convinti di essersi conosciuti, da qualche parte, ma non ricordano più in quale delle loro vite precedenti.

«La cosa più terribile che ho visto?»

«Sì. La più sconvolgente».

«Ne ho viste tante. La peggiore, però, è stata quando un uomo sulla quarantina, una guardia giurata, si è sparato un colpo in testa. Suicidarsi è più complicato di quello che si pensa – ci vuole abilità anche in quello. Nel suo caso, credo che all'ultimo momento – ti parlo degli ultimi centesimi di secondo – la sua mano abbia cercato di salvarsi. La canna della pistola era puntata alla tempia, ma l'inclinazione era sbagliata. La pallottola si è portata via praticamente tutta la fronte, un occhio, mezzo naso, e una fetta di cervello, ma lui non è morto. L'hanno portato qua, e siamo stati indecisi se fargli una puntura per completargli il lavoro, o provare a ricostruire quello che era rimasto. Respirava con la bocca aperta – un infermiere continuava ad aspirargli il sangue che gli colava in gola. Il corpo ogni tanto aveva dei sussulti. Una cosa spaventosa. Un medico giovane, uno della tua età, non se l'è sentita, ed è andato a casa. So che poi ha avuto problemi, nel senso che ha pensato seriamente di mollare tutto e fare un altro lavoro. Adesso mi pare faccia l'oculista all'ospedale geriatrico».

«Ma la guardia giurata si è salvata?»

«Sì. È rimasta un vegetale, ma si è salvata. Solito problema etico: ne valeva la pena? A chi abbiamo fatto un favore? La famiglia non ci ha ringraziati. Anzi, un giorno è venuto qui suo fratello, e ci ha insultati fino a che abbiamo dovuto chiamare la polizia. L'uomo si era sparato perché aveva dato una mano a organizzare una rapina, e si era pentito, o aveva paura che l'avrebbero scoperto, o forse i suoi soci lo stavano minacciando. Sono convinto che se si fosse svegliato, la prima cosa che avrebbe fatto sarebbe stato spararsi di nuovo – questa volta, magari, in bocca, per essere sicuro. Lottiamo tutti i giorni per salvare vite, ma non è detto che a tutti interessi vivere. Ma tu, perché hai deciso di studiare medicina? Volevi scoprire il vaccino contro il cancro?»

«No, aspirazioni più modeste. Da piccolo, avevo un'ammirazione smisurata per il mio pediatra. Era un uomo buono, con i capelli bianchi, lo sguardo mite. Mi piaceva quando mi guardava la gola, quando mi auscultava il cuore con lo stetoscopio, o quando mi martellava con le dita la cassa toracica. C'era qualcosa di paterno, in quei gesti, e di materno allo stesso tempo. Protezione e forza. Quell'uomo veniva a casa nostra quando avevo la febbre, e sentivo che avrebbe trovato la soluzione, a forza di scienza e amore. Ecco: era proprio questo miscuglio che mi affascinava. Testa e cuore. E io mi rendo conto di amare le persone che devo guarire».

«È un sentimento pericoloso».

«Lo so. Ma senza coinvolgimento non avrebbe senso fare questo lavoro; non per me. Ho iniziato da poco, e probabilmente poi le cose cambieranno, ma non mi sento un meccanico che aggiusta macchine: mi interessano le persone che ho davanti. Prima ti dicevo del piacere di salvare le vite: è troppo generico. Io voglio salvare proprio *quella* vita che ho davanti. La bambina di oggi: che futuro avrebbe perso? Cosa sarebbe stato di quella famiglia, se lei fosse morta? Pensa al bambino con i capelli bagnati, pensa al papà che deve chiamare sua moglie per dirle che la loro bambina non c'è più. Seppellire un figlio è la peggiore tra tutte le disgrazie. Io non salvo il respiro, non salvo il battito del cuore, non salvo le funzioni vitali: salvo le storie di quelle vite. I piccoli dettagli di cui si compongono: che fine avrebbe fatto il cesto con le Winx che di sicuro la bambina ha in camera sua? Chi avrebbe avuto il coraggio di usare la tazza con la mucca con la quale la mattina beveva il latte? E la maglietta di Hello Kitty che aveva voluto a tutti i costi comprare la prima volta che è entrata in un negozio di vestiti con sua madre: che fine avrebbe fatto?»

«E tu, pensi a tutte queste cose, mentre hai il defibrillatore in mano, o quando fai una tracheotomia?»

«Sì... Ti fa ridere?»

«No. È bello. Molto poetico. Però deve essere uno sforzo tremendo, dal punto di vista psicologico. Voglio dire, se il tuo paziente non ce la fa, hai perso molto più di quanto qualcuno, da fuori, potrebbe pensare. So che c'entra poco, ma sai che quando leggo un racconto, o un romanzo, mi interessano soprattutto i dettagli – molto più della trama. C'era uno scrittore russo che diceva che il dettaglio è tutto, e che il resto non conta».

«Era Nabokov?»

«Credo di sì. È buffo parlare di queste cose alle tre della mattina!»

«Un amico, ai tempi dell'Università, mi diceva che le vere chiacchierate si fanno dopo le due di notte, quando cala la vigilanza sui propri pensieri. Tra un po', inizierò a chiederti se sei Massimo».

«Fallo, e chiamo la badante!»

«Cercherò di trattenermi, promesso. E la cosa più strana che ti è capitata?»

«La più strana?»

«Sì. O la più particolare».

Il dottore ci pensò un po'. Lavorava in ospedale da almeno una decina d'anni, e forse gli aneddoti erano troppi, o forse non riusciva più a distinguerli tra loro.

«La cosa più particolare... è qualcosa che ha a che fare con l'amore, in qualche modo. Oggi sembra che sia la notte dei sentimenti, no? Senti la nostra amica: non riesce a smettere di cantarsi la ninna nanna. È terribile e dolcissimo, allo stesso tempo. È *struggente*. Il dolore da solo non commuove. La dolcezza da sola non ti tocca il cuore. Io, qui dentro, ho pianto solo una volta».

«Cosa era successo?»

«Era un pomeriggio, d'inverno. Due anni fa. Dal pronto soccorso ci chiamano per avvertirci che stavano mandando su un uomo con un probabile ictus. Un uomo sulla sessantina, che si era sentito male in cantiere. Dopo dieci minuti, arriva questo paziente, un omone grande e grosso, paonazzo, accompagnato da sua moglie, che era la metà di lui – una tipa da bigodini il sabato sera. Lui non riusciva a muovere il lato destro del corpo, e non riusciva a parlare. L'emorragia cerebrale asimmetrica è sempre abbastanza drammatica, se il paziente non perde conoscenza. Sarà capitato anche a te di vedere qualcosa al pronto soccorso, no?»

«Sì. C'è tanta paura. Come quelli che hanno un infarto».

«Fino a un certo punto... l'infarto è terribile, ma se uno arriva qui vivo, è probabile che stia già meglio – che inizi a pensare di avercela fatta. E non perdi mai te stesso, neanche per un momento. È come ricevere un pugno da una tonnellata in faccia: fa male – un male mostruoso – ma rimani in qualche modo *tu*. È un'esperienza che ti coinvolge da tutti i punti di vista – senti questo dolore, cerchi di respirare, hai paura di morire, ma in ogni momento senti che andrai a fondo tutto intero, o ti salverai tutto intero. Poi, mentre torna il respiro, e capisci che non morirai, pensi che dovrai togliere il sale, che dovrai smettere di fumare, o di bere, e che quando scoperai avrai sempre una fottuta paura di rimanerci secco proprio sul più bello... Sai qual è la prima cosa che fa uno che ha avuto un infarto, quando esce di qua? Si compra una cyclette. E poi cambia vita. L'infarto è come un giro di quella giostra a Gardaland, quella in cui ti mollano da cinquanta metri: adrenalina pura, e o la superi o non la superi. Non ci sono mezze misure. Ma per chi fa un ictus, è diverso. Arrivano qua, questi uomini abituati a considerarsi un tutt'uno con il corpo che li contiene – un pezzo solo, testa, gambe, braccia – e scoprono che il loro braccio, e la loro gamba, e la loro voce, ora appartengono a qualcun altro, e questo qualcun altro non ha nessuna intenzione di ascoltarli. Hanno visi terrorizzati. Si prendono in mano il braccio, lo alzano, lo lasciano cadere e piangono. È come se la malattia li avesse spinti in un angolo... in un angolo di loro stessi. Rimpiccioliscono. Il corpo, che era di loro proprietà, di colpo diventa un appartamento in affitto dal quale sono stati sfrattati. Qualche volta, si rendono conto perfino di non riuscire più a pensare. Oppure confondono il mondo con se stessi – dipende da quale area del cervello è stata colpita. Hai studiato un po' di neurologia, no? Be', ho parlato con alcune persone colpite da ictus asimmetrico, anni dopo, durante le visite di controllo, e di quelle esperienze mi raccontano cose folli. Se si fotte la parte sinistra, si perdono le idee astratte, i simboli, le categorie con le quali interpretiamo non solo il mondo, e non solo il nostro corpo, ma anche il nostro corpo nel mondo. Il corpo diventa un ammasso di molecole indistinguibili dal pavimento, dal muro, dal lettino sul quale sono distesi. In questi casi, spesso perdono anche l'idea di passato e futuro, per cui non riescono nemmeno a preoccuparsi – il che per certi versi è decisamente un bene. Ma rimane un'esperienza folle, che non è paragonabile a nient'altro».

«Immagino sia così, sì».

«Comunque, quella volta ci arriva su un uomo sulla sessantina, accompagnato da sua moglie e da un uomo che poi ho scoperto essere suo figlio. Una famiglia veneta, con un padre veneto che fa il muratore, una madre veneta che fa le pulizie da qualche parte – le mani gonfie di chi strizza stracci dalla mattina alla sera –, e un figlio che, dopo aver studiato, ed essere stato mantenuto per trent'anni, tratta i suoi genitori come due figli idioti. La moglie era molto preoccupata. Piangeva, e continuava a chiedermi se sarebbe morto, e me lo chiedeva davanti al marito, che, ad occhio, era ancora in grado di intendere e volere. Il figlio faceva un sacco di telefonate – credo volesse essere sicuro che suo padre non fosse capitato dentro a una macelleria – e aveva un tono arrogante, del tipo *lei non sa chi sono io*. Alla madre parlava in dialetto. Le ripeteva di stare buona, e di non rompere i coglioni».

«E il padre, cosa aveva?»

«Il padre aveva qualcosa che non andava. Di sicuro, aveva un'emorragia cerebrale all'emisfero sinistro, ma ad occhio si era già fermata. Il problema più grosso era la sua agitazione. Sembrava che volesse andare a casa. A un certo punto ha cercato di scendere dal lettino, ma quando si è reso conto che la gamba destra era diventata uno stinco di maiale, si è fermato a metà, ed è rimasto sospeso nel gesto di scendere, perché non riusciva più a rimettersi su e non riusciva a mettere giù il piede. Era arrabbiato – aveva la faccia incazzata, ma incazzata di brutto – perché voleva dire qualcosa e non ci riusciva. La moglie gli accarezzava la testa, piangendo, ma lui le toglieva la mano e indicava la porta. Voleva andare fuori».

«Succede spesso?»

«Mai. La gente che viene ricoverata è terrorizzata, e sarebbe disposta a rimanere qui per sempre, pur di essere salvata. Quell'uomo, invece, voleva andarsene. Era grande e grosso, con i capelli brizzolati, corti – dava l'impressione di essere uno energico, di polso. Le mani come badili. Me lo immaginavo mentre faceva girare la betoniera, con un cartone di vino sempre in mano, e due muratori giovani ai quali insegnava il lavoro e il senso della vita: *Eh! Gira, tutto gira. La vita è come questa betoniera: oggi a me, domani a te*. Ma evidentemente la betoniera quel giorno aveva girato dalla parte sbagliata, perché adesso quel monumento al lavoro era disteso su un lettino, e almeno la metà di quel corpo era diventata una statua. Il problema stava nel fatto che la metà ancora funzionante aveva conservato una forza prodigiosa; e la metà del cervello che era ancora in grado di prendere decisioni, l'emisfero destro, cioè quello che generalmente è meno ragionevole, si stava opponendo a qualsiasi intervento su di lui».

«Non potevate sedarlo?»

«Ci abbiamo provato, ma sarebbe servita una di quelle cerbottane che si usano per far addormentare i leoni – sai, quelle che sparano frecce soporifere. La moglie gli diceva di stare buono, di lasciarsi visitare – era una donna bassotta, grassoccia, un po' intimorita dal marito –, ma lui era rabbioso. Non lasciava che lo toccassimo. Era come se si stesse difendendo; come se volesse impedire l'accesso al suo corpo. Il figlio faceva solo un grande casino, ma non era di alcun aiuto. Dopo ho scoperto che era avvocato, e che probabilmente stava già pensando a come intentare una causa milionaria all'ospedale, nel caso le cose non fossero andate per il verso giusto. Sua moglie, comunque, continuava a pregarlo, con una vocina flebile, piagnucolosa. Gli parlava in dialetto: *Lino, no stà far cussì, i dotori desso te sistema, i te rimete in pìe.* Alla fine, le suppliche della donna hanno avuto effetto – credo che lui abbia ceduto per sfinimento. E in effetti è stata proprio una resa, quasi un crollo psicologico: fino a quel momento, era stato mezzo seduto sul lettino, appoggiato al braccio sinistro; quando si è arreso, si è lasciato cadere giù, e ha iniziato a piangere. Era un pianto lento, lungo, silenzioso, senza parole. Teneva la testa girata verso il muro, come un bambino ferito, o in castigo, o che si vergognava di qualcosa. La moglie, approfittando del fatto che lui non la vedeva, ha tirato fuori dalla borsetta un santino e ha iniziato a baciarlo. Una volta tranquillo, abbiamo spinto il lettino verso la sala per visitarlo – non eravamo ancora riusciti a spostarci dal corridoio. La moglie e il figlio ci hanno seguiti… aspetta, cos'è stato?»

Dal corridoio, era arrivato il rumore di un tonfo. Nonostante fossero passate le tre, e i loro riflessi fossero allentati, si alzarono di scatto e iniziarono a correre. Guardarono dentro le stanze, fino a che non arrivarono a quella della donna che cantava la ninna nanna: per terra, c'era la badante, che doveva essersi addormentata sulla sedia, ed era caduta. Aveva lo sguardo smarrito, come se fosse stata sorpresa a commettere un reato. Lui e il dottore l'aiutarono a rialzarsi – da vicino, faceva odore di borotalco, di salviette umidificate, e di cipria. Da quanti giorni era là dentro? Da quanto seguiva le sorti della donna con il meningioma? Come un secondino, era condannata alla stessa pena del condannato – carcere a vita – ma senza aver commesso nulla di male. La paziente non si era accorta di nulla: continuava con la sua nenia, che mano a mano che passavano le ore diventa sempre più roca e lamentosa. La natica era ancora scoperta, illuminata dalla luce della luna; si intravedeva anche il solco del deretano, che, visto così, disteso, sembrava un allegro sberleffo. Lui la coprì meglio, e si chiese cosa c'era dentro a quel corpo – che forma avessero i suoi pensieri, che colori, che parole. Per un attimo chiuse gli occhi e sentì che la stanchezza aveva superato il livello di guardia: ora anche i suoi pensieri avevano iniziato a sconnettersi tra loro, a confondersi, a mescolarsi. Li riaprì, e sentì la testa girare. Il dottore lo prese sotto braccio e lo riportò nella stanza del medico di turno, lo fece sedere e si mise a trafficare con la moka.

«Stavi svenendo?»

«Mi è girata la testa. Stanchezza. Se questa è una prova che devo superare, non so come sta andando».

«Tra due ore e mezza abbiamo finito, e poi torni dalla tua ragazza. E provi a sistemare le cose… che ne dici, lo farai?»

Gli disse di sì, ma come avrebbe potuto sistemare le cose? Si sentiva troppo stanco per pensarci. Anche l'idea del caffè e delle fette biscottate iniziò a sembrargli troppo faticosa. Appoggiò la testa sul tavolo. Dopo un po' gli scese un filo di bava dalla bocca. Capì la dinamica di tutti gli incidenti automobilistici notturni: immersi in quella stanchezza era letteralmente impossibile tenere gli occhi aperti. Sentì il gorgoglio del caffè che usciva, e si chiese se era già a casa sua. Poi sentì il dottore che riprese a parlare.

«Ti stavo raccontando del muratore che si opponeva alle cure. Per un attimo avevo pensato che fosse uno di quelli che non hanno nessuna fiducia nei dottori. Ci sono alcuni che hanno perso i genitori per colpa dei medici – o almeno, questo è ciò che pensano. Non capiscono che morire è molto più semplice di quanto si creda: basta che per due minuti qualcosa ostruisca il flusso di sangue al cervello, ed è finita. Possono anche esserci Padre Pio e la Madonna in persona a cercare di rianimarti, ma non puoi fare nulla: prima o poi arriva il momento in cui si deve accettare che possiamo arrivare fino a un certo punto, oltre al quale si passa nel regno della meccanica, della biologia, della chimica. In ogni caso, il tizio si era arreso. Il suo era stato un vero e proprio crollo emotivo. Sembrava morto. Aveva rinunciato a interagire con il mondo. Sapevo che non era un problema fisico – gli tenevo la mano nella mia, e rispondeva ai miei stimoli. Sembrava che pensasse: *Ok, avete vinto, sono vostro*. Abbiamo iniziato a visitarlo. Eravamo io, un collega e un'infermiera. La moglie stava a un metro, il figlio a due, e guardava come se prendesse appunti per un futuro processo; allo stesso tempo, però, aveva la curiosità che ha la gente quando vede qualcosa di raccapricciante – hai presente quando c'è un incidente, e tutti si fermano a guardare? Lui gettava occhiate sopra le nostre spalle, facendo finta che non gli interessasse, ma non si staccava da là. A un certo punto, abbiamo dovuto togliere i pantaloni all'uomo. Gli stavano stringendo la pancia, e comunque avevamo una mezza intenzione di portarlo in sala operatoria. Sei ancora sveglio?»

Lui, con la testa appoggiata sul tavolino, e una piccola pozza di saliva in corrispondenza della bocca, fece cenno di sì con la mano. La voce del dottore gli arrivava da dietro una specie di coltre ovattata.

«L'infermiera inizia a tirare, e sotto... sotto quell'uomo aveva un paio di mutandine di pizzo».

Alzò di colpo la testa: «Eh?»

«Quel muratore, grande e grosso, con i capelli brizzolati, e le mani come badili, sotto i pantaloni indossava un graziosissimo paio di mutandine di pizzo. Pizzo nero. Un perizoma, in realtà. Semi trasparente sul davanti. Sotto, si intravedevano i genitali – palle enormi, e cazzo circonciso. Lui singhiozzava, con la testa girata dall'altra parte. Capisci perché si opponeva così tanto alla visita? Perché voleva andarsene? Era confuso, aveva il cervello invaso da un'emorragia, non riusciva a muovere mezzo corpo, ma sapeva cosa indossava sotto; e sapeva che non era quello che sua moglie e suo figlio si aspettavano da lui. Aveva una doppia vita? Da quanto tempo? Alla moglie è cascata la borsetta per terra, e ha iniziato a dire *Madona santa, madona santa.* Il figlio ha tirato una bestemmia, ma si vedeva che era preoccupato più per la figura di merda che stavano facendo, che per il dolore del padre. Io e il collega ci siamo guardati: non ci era mai successa una cosa del genere: sono altri i reparti dove devono togliere vibratori dal culo dei preti, o tirare fuori cazzi finti dall'intestino di ragazzine minorenni. Da noi, la gente che arriva, ha problemi alla testa. Per quanto la tecnologia si sia evoluta, non riusciamo a vedere cosa si nasconde veramente là dentro, anche se in quel caso, in effetti il perizoma di pizzo era un discreto indizio. Il figlio ha iniziato ad arrabbiarsi con suo padre: *Che cazzo è questa roba?* Poi scuoteva la testa, come se dovesse mostrare a tutti il suo sdegno e la sua meraviglia. L'infermiera ci chiese se doveva continuare a spogliarlo, ma la moglie disse *fora da qua* – capisci, vero, il veneto? Fuori da qua. Voleva stare da sola con il marito».

«Voleva ucciderlo senza testimoni?»

«Per un attimo, ho pensato che quell'uomo stava rischiando. Ma poi mi è venuto in mente il tipo che si era sparato in testa, e che noi avevamo salvato con la forza, e ho pensato che c'era un limite oltre al quale non dovevamo spingerci. Restituire a quella donna un uomo che lei non aveva mai conosciuto veramente sarebbe stato un torto troppo grande. L'ha ripetuto forte, decisa: era piccola, e dava l'impressione di aver subito per tutta la vita, ma in quel momento aveva una forza irresistibile. Poiché suo figlio non si spostava, gli disse *fora anca ti, bruto mona.* Lui provò a scandalizzarsi, ma l'ho preso per un braccio, gli ho ripetuto anch'io *fora da qua, bruto mona*, e siamo usciti».

«E poi? Cos'è successo?»

«Siamo usciti. E dopo dieci minuti è venuta sua moglie a chiamarci, e lui era sistemato, senza pantaloni e senza mutande, sotto le lenzuola, sereno, e con gli occhi umidi. In teoria, dovrei sapere solo questo, no? Ma la deontologia non è il mio forte. Subito dopo essere uscito, sono tornato indietro, silenziosamente, e mi sono messo davanti alla porta, che era socchiusa. Il mio collega aveva portato con sé il figlio, che continuava a dire *inaudito, è inaudito.* Ho spiato – so che non avrei dovuto farlo, ma ero preoccupato.... no, la verità è che ero curioso. Lei è rimasta in silenzio per un minuto, mentre lui piangeva, girato dall'altra parte. Con la mano buona, aveva provato a tirarsi un po' su i pantaloni, ma ci aveva rinunciato. Cosa stava pensando lui, dentro alla sua scatolina mezza rotta? E cosa stava pensando, lei? Era la donna più semplice che io avessi mai visto – il prodotto più genuino delle nostre campagne venete – e ora davanti a sé suo marito, il padre di suo figlio, Lino il muratore addetto alla betoniera, indossava un assurdo paio di mutande da donna. È rimasta ferma ancora un po' – potevo sentire il suo cuore fino alla porta – il suo tumulto, la sua confusione, il suo dolore. Poi si è mossa, lentamente, e si è avvicinata a quell'uomo mezzo paralizzato, gli ha preso il faccione tra le sue mani gonfie, l'ha tenuto così, fermo, l'ha guardato negli occhi e poi... poi di colpo l'ha baciato sulla bocca. L'ha baciato con tutta la forza che poteva, l'ha baciato come se quello fosse il primo e l'ultimo bacio della sua vita. Come se attraverso le labbra potesse passare ogni cosa – il passato, il giorno delle nozze, la casa che avevano costruito, i nipoti che sarebbero arrivati, gli anni che ancora gli mancavano da vivere insieme. Quell'uomo, che non poteva parlare, e che forse capiva solo in parte quello che sentiva, stava ricevendo tutto l'amore di sua moglie nel momento più duro e difficile della sua vita; e lei gli stava dicendo che quello che era successo non era importante, che lei lo amava, che lui era il suo uomo, e che tutto il resto non contava. Glielo stava dicendo nell'unico modo che aveva a disposizione: con un bacio pieno di passione, tenerezza, forza... Quei due sessantenni, che per un motivo o l'altro facevano fatica a esprimersi, si erano improvvisamente trovati davanti a quella specie di mostruosità – chi avrebbe mai potuto immaginare una cosa simile? – ma stavano comunicando, con il linguaggio più antico del mondo. E ha funzionato. Ha funzionato veramente. Lui ha smesso di piangere; e quando lei si è staccata da lui – credimi, sarà passato quasi un minuto – lui l'ha guardata con meraviglia, e con riconoscenza. Aveva capito. Aveva capito con il cuore, e con quello che gli rimaneva della testa, che razza di donna aveva accanto – quanta forza e quanto amore ci fosse dietro a quella semplicità. Poi lei gli ha dato un buffetto, e gli ha tolto i pantaloni, e le mutande – *cossa xè sta roba, vara ti* – si è ricomposta ed è venuta a chiamarci. Al figlio ha detto di andare a casa; mi pare di aver capito che gli abbia sussurrato anche *va' a farte na fameja par conto tuo che ti si grande*, ma non ci giurerei. Ecco, in più di dieci anni, quella è stata l'unica volta che ho pianto».

Continuò a parlare per un'altra mezz'ora, a raccontare altre storie da ospedale, a parlargli del figlio che aspettava, e di come aveva conosciuto sua moglie – ma lui ormai si era addormentato, scivolato in un mondo di sogni confusi. Alle sei, lo svegliò con una specie di carezza sulla schiena.

«È ora di tornare a casa» gli sussurrò, «la tua ragazza ti aspetta».

Lui si stropicciò gli occhi, si sistemò i capelli, lo ringraziò e scese in strada: il cielo aveva appena iniziato a schiarirsi. Mentre camminava, nel silenzio della mattina appena cominciata, pensò alla bambina che avevano salvato la sera prima, e fu felice per quella famiglia; pensò all'uomo che si era sparato un colpo in testa, e che ora viveva con mezza faccia e nessuna speranza, e sperò che potesse morire presto; e pensò alla donna che aveva baciato il suo uomo quando tutte le parole erano finite. Arrivò a casa che erano le sei e mezza. Quando entrò, sentì odore di sigarette, di salsa al pomodoro, di pizza riscaldata – era quello, l'odore di casa sua. Andò in cucina e preparò il caffè. Imburrò le fette biscottate. Con un vassoio in mano, traballando, andò fino in camera della sua ragazza, aprì la porta, e vide che era distesa sullo stesso fianco della mattina prima, come se quel giorno non fosse mai esistito. Il sole ora entrava attraverso le tapparelle mezze aperte, e illuminava quel viso, e quel corpo, che lui amava – che aveva sempre amato, e che avrebbe voluto amare per sempre. Appoggiò il vassoio sul letto, sul suo lato, e si avvicinò a lei. Inspirò il profumo dei suoi capelli. Le prese il viso tra le mani stanche e, guardandola, non disse nulla; poi, lei schiuse gli occhi chiari e sorpresi, e lui la baciò con tutta la forza che aveva, come se quello fosse il primo e l'ultimo bacio della loro vita.

Perturbazioni

Aveva seguito l'evoluzione della perturbazione per tutta la settimana, navigando sui siti di previsioni del tempo di mezzo mondo. Il fronte di aria gelida si era formato nella pianura siberiana, e stava scendendo verso l'Italia dopo aver attraversato mezza Europa; aveva scompigliato campi di grano, tetti di case, piantagioni d'uva. Lei, la sera, con il suo pc, dall'alto dei satelliti, guardava le isobare che si spostavano, che si allargavano e poi si ritraevano, simili al corpo di una medusa nell'acqua; osservava il movimento lento e irreversibile di quella piccola minaccia.

La tempesta arrivò di notte, come un gigantesco treno scagliato contro la città. Nel buio, sentì i passi della piccola che si era svegliata – forse per i tuoni – e che, piagnucolando, si avvicinava alla camera da letto, in cerca di un rifugio. Lei e suo marito la fecero salire sul lettone e la misero in mezzo tra loro. Per qualche secondo le tenne stretta la manina; poi, mentre il vento siberiano urlava fuori dalle finestre, sentì il suo respiro farsi quieto, regolare. Il tepore di quel corpicino stretto a lei la fece scivolare in un sonno dolce e confuso.

Quando suonò la sveglia, la piccola le era ancora accanto, con la bocca spalancata. Suo marito, già in piedi, stava alzando le tapparelle: fuori, il cielo era ricoperto di nuvole. Dal letto, lei intravedeva l'albero che cresceva davanti alla camera: sembrava arruffato, qualche ramo si era spezzato, ma era ancora in piedi. Si alzò anche lei, e, insieme, si affacciarono alla finestra, uno accanto all'altra: la strada era piena di foglie, carte di giornali, sacchetti; una pozzanghera larga due o tre metri lambiva il marciapiede davanti; la vicina di casa, con una giacca da uomo indossata sopra la vestaglia, stava gettando bottiglie di birre nel bidone del vetro, con un rumore assordante. Si girò verso la camera. La piccola non si era ancora svegliata.

Andò in cucina a preparare il caffè, mentre suo marito iniziava a svegliare il grande: sentì la voce affettuosa del padre, il borbottio lamentoso del figlio. Era il 15 maggio – un giorno del quale avrebbe fatto volentieri a meno.

Versò il caffè in due tazzine. Scaldò un po' di latte nel microonde e tirò fuori i biscotti dalla credenza. Erano quasi finiti; su un foglio che teneva attaccato al frigo, con una calamita che sua suocera aveva portato da Roma, segnò *biscotti*, sotto *intimo* e *sassetti gatto*. Si sedette e soffiò nella tazzina. Il vapore del caffè le inumidì la fronte. Poco dopo, arrivarono suo marito e il grande, che teneva un braccio davanti agli occhi per ripararsi dalla luce.

«Cosa vuoi mangiare?»

«Pasta» disse con voce un po' incerta. Si sedette anche lui a tavola, sorreggendo la testa con le mani.

Dopo aver sorriso, chiese al marito: «La piccola? Dorme ancora?»

«Si stava stiracchiando».

Fuori, il cielo iniziava a schiarirsi.

Dieci anni prima, in un giorno simile a quello, dopo una cena leggera, le venne voglia di un gelato alla fragola. Poiché aspettava un figlio, le sembrò lecito chiedere che questo capriccio venisse accontentato. Suo marito convinse il loro bambino, che aveva poco meno di cinque anni, ad accompagnarlo in gelateria, a un quarto d'ora da casa.

«Facciamo una passeggiata» le disse mentre lei era in cucina, e stava riempiendo la lavastoviglie. Nei giorni successivi, si domandò se lei avesse risposto qualcosa, o se li avesse lasciati andare via così, senza neppure un saluto. Aspettò un'ora; poi, preoccupata (il cellulare del marito era rimasto a casa), uscì a cercarli. Percorse la strada verso la gelateria, tenendo le mani sulla sua pancetta da quinto mese. Al primo incrocio, c'erano due ambulanze, e un sacco di gente. Quella stessa notte, dopo aver perso l'uomo che amava, e il bambino che insieme avevano messo al mondo, travolti da una macchina, partorì un morto. Nella disperazione di quei momenti, chiese se avrebbero seppellito la sua creatura, alla quale avrebbe voluto dare un nome: *è solo un feto*, le risposero. Non vollero neppure dirle se era un maschio o una femmina.

I mesi successivi furono strazianti. Aveva da poco iniziato a lavorare, in un ospedale, ma smise di presentarsi; poi, con la forza della disperazione, provò a riprendere a vivere, ma il paletto divelto che vedeva ogni volta che attraversava l'incrocio, il seggiolino attaccato alla bici che non avrebbe più usato, la cameretta che sapeva ancora di borotalco, la culla riempita con i vestitini che non voleva dar via, la costrinsero a lasciare tutto – ad accettare un lavoro a centinaia di chilometri da là, lontana da quel buco nero di dolore.

Piano piano, tornò a vivere. Conobbe un uomo che le chiese di sposarlo. Accettò, d'impulso, come un naufrago si aggrappa a un salvagente gettato da una nave. I genitori del suo primo marito smisero di rivolgerle la parola (ma una sera l'ex-suocero la chiamò, chiedendole scusa per il comportamento di sua moglie: *vi capisco*, gli rispose, *avrei fatto lo stesso anch'io*). Nacque un bambino, ed era completamente diverso da quello che era stato investito: questo era scuro, con gli occhi neri, il torace grosso. Poi venne una bambina – uno scricciolo sempre sorridente. Lei smise di mangiare gelato; tutto il resto tornò come prima.

Come una perturbazione annunciata, però, ogni anno arrivava il 15 maggio, il compleanno del suo primo figlio, quello che non sarebbe più cresciuto. Le isobare di quel dolore si spandevano da una regione remota, da quel luogo misterioso nel quale stavano, immerse in un sommesso brusio, le persone che aveva amato, e che poi aveva perduto. Si presentavano a lei attraverso le date, le ricorrenze, gli anniversari – il calendario era un prato d'erba con croci che sbucavano qua e là.

La piccola si alzò, e mangiò un vasetto di yogurt. Il grande non voleva lavarsi i denti. Suo marito non trovava una cravatta, e girava per la casa frugando in ogni angolo. Lei si lavò le ascelle, si sistemò i capelli con la piastra, vestì la piccola, che intanto, come tutte le mattine, la baciava sulle guance, tenendole il viso tra le manine. Alle otto meno cinque erano tutti pronti – spettinati, assonnati, in fila davanti alla porta di casa.

Portò all'asilo la piccola, che – era questo il loro rito – pianse un po' mentre la salutava. Le maestre, con le quali scambiò due parole, avevano un accento diverso dal suo – quello stesso accento che sentiva nel parlare dei suoi figli, e che ancora faceva fatica a considerare familiare. Poi rimase in macchina, ferma, ad attendere l'sms del marito, che doveva rassicurarla: il grande è a scuola, sano e salvo; nessuna macchina li aveva portati via. Ogni mattina, con il cuore in gola, i muscoli in tensione, il fiato sospeso, aspettava tenendo il cellulare in mano, guardandolo come fosse una fune verso l'alto, o un masso che la tirava verso il centro della terra. Una questione di vita e di morte, che tutti i giorni la tormentava nel silenzio dell'aria condizionata della macchina.

Aprì l'agenda. Quella mattina doveva fare visite in una scuola media, ma non ricordava l'indirizzo. L'aspettavano per le nove e mezza. L'anno prima era già stata là – si ricordava un edificio fatiscente, e ragazzini piuttosto rumorosi, per i quali la scuola, con le sue regole e il suo rigore, rappresentava un'inspiegabile eccezione all'interno della vita. Quartiere degradato, genitori in prigione a turno, e ragazzi più grandi che ogni giorno stavano seduti sugli scooter, davanti all'uscita, con la sigaretta in bocca. Fratelli maggiori, fidanzati delle ragazzine, piccoli spacciatori in cerca di manovalanza.

Durante la visita, quei bambini cresciuti troppo in fretta erano spesso timidi, impacciati. L'arrivo di un dottore non era mai annunciato: tra le altre cose, lo scopo di quell'attività era proprio quello di valutare il grado di igiene dei ragazzi, che qualche volta venivano sorpresi in condizioni precarie. Lei era gentile, premurosa; da qualche anno, però, visitare quei corpicini era diventato una sofferenza: iniziavano ad avvicinarsi all'età che avrebbe avuto suo figlio, il primo, se non fosse stato investito all'incrocio vicino a casa.

Visitò prima le femmine. Alcune avevano le mestruazioni da uno o due anni – chiedevano informazioni sul tampax, se c'era il rischio di perdere la verginità. Una morettina, paffutella, le guance rosse, con la vagina rasata, chiese, tra mille reticenze, se un dottore sarebbe stato in grado di capire se una ragazza – *una ragazza in generale* – fosse ancora vergine. Le rispose, con dolcezza, che era possibile, certo, ma che nessun dottore sarebbe stato disponibile a farlo, per rispetto della dignità di una donna – sapeva che non era vero, ma ci sperava. Poi, le parlò di metodi contraccettivi, dell'importanza di avere rapporti sessuali consapevoli, del papovavirus, della candida, dell'AIDS. La morettina la guardava in silenzio, incerta se fidarsi o meno di quella donna minuta e seria, che le parlava con tanta pazienza e con un accento che non era il suo.

Altre ragazzine erano ancora delle bambine; il pube e le ascelle erano glabre, il seno appena accennato. Il loro sorriso era infantile: aperto, senza ombre. Alcune, dopo essere state visitate, la salutarono con un bacio sulle guance, come se fossero andate a trovare una zia.

Poi fu il turno dei maschi. Molti non erano ancora entrati nella pubertà. I problemi più grossi erano i brufoli, e la scoliosi. Leggendo le schede personali, che l'azienda ospedaliera aggiornava ogni anno, a ogni visita, verificò i progressi nell'altezza, nel peso. Qualcuno era diventato miope; i funghi ai piedi di un ragazzino erano scomparsi.

Si tenne per ultimo un ragazzo bocciato due volte. La settimana prima, mentre studiava le schede dei ragazzi, aveva visto la data di nascita, e per un po' aveva seriamente pensato di non presentarsi: era nato lo stesso giorno del suo primo figlio. Mentre lei spingeva fuori la sua creatura piangente, in un'altra parte d'Italia un'altra donna partoriva quel ragazzo. Le vite incontrano infiniti bivi, e ogni volta, si taglia un ramo. Quei due bambini, nati lo stesso giorno, si erano allontanati tra loro, per sempre. All'incrocio vicino a casa, da una parte c'era la vita, dall'altra il silenzio.

E quella vita ora bussava alla porta dell'infermeria della scuola, chiedendo permesso. Lei avrebbe voluto dire *no*, che avrebbero fatto un altro giorno, ma il ragazzo entrò. Era alto come suo marito, con le spalle strette, un ciuffo che scendeva sul viso brufoloso, i jeans bassi, due orecchini a forma di rivetto piantati sui lobi. Teneva le mani in tasca. Lei lo invitò a togliersi le scarpe e a distendersi sul lettino. Poi, gli si avvicinò. Faceva odore di sudore, di piedi, e di deodorante spray. Teneva lo sguardo fisso su di lei; le sorrideva, incerto e allo stesso tempo sfrontato. Prove di adolescenza.

Gli sollevò la maglietta, fino a scoprirgli il petto. I capezzoli erano scuri ed ebbe l'impressione che su uno dei due qualcuno avesse provato a infilare un orecchino, ma che qualcosa fosse andato storto. Appoggiò lo stetoscopio sul cuore, e lui ebbe un brivido. Il battito era forte, veloce, potente. Era emozionato, come tutti gli altri. Lo fece sedere, e gli auscultò i polmoni.

«Fumi?» gli chiese.

«Qualche volta. So che non mi fa bene, non serve che lei me lo dica».

Invece lei glielo disse. Gli spiegò come muoiono le persone che hanno il cancro ai polmoni; lui la guardava con un sorriso storto, come se la vecchiaia, e la morte, fossero qualcosa che non l'avrebbero riguardato. Sarebbe stato così, suo figlio, se fosse diventato grande? Quella pettinatura, quegli orecchini, quello sguardo randagio e sornione?

Lo rimise disteso. Con il palmo aperto, palpò il fegato e l'addome. Con le dita serrate, premette in corrispondenza dell'appendice, e poi rilasciò all'improvviso.

«Male?»

«No» disse lui. Teneva le mani incrociate dietro la testa, come se fosse disteso su un prato a prendere il sole, con una sigaretta in bocca.

Riprese in mano la scheda. Una visita precedente, che aveva fatto una collega, indicava *lieve varicocele testicolo sinistro*: come succedeva al trenta per cento dei ragazzi, una vena si era involuta, fino a formare un piccolo termosifone piantato proprio accanto alla fabbrica degli spermatozoi, che rischiavano di essere compromessi nella loro motilità. Quel ragazzo, arrivato all'età adulta, avrebbe potuto essere sterile; la copia di suo figlio era così grande che si doveva prendere in considerazione questo possibile problema. Dopo aver deglutito, chiese al ragazzo di abbassarsi i pantaloni, e le mutande: non avrebbe voluto farlo, ma non poteva permettersi di avere paura.

Si infilò un paio di quanti in lattice, e si avvicinò. Sollevò il pene, tenendo il glande tra le dita della mano sinistra, mentre con la destra palpava il testicolo, alla ricerca del varicocele. Fuori, dalle finestre aperte, arrivavano le voci lontane di bambini che giocavano, e di maestre che li chiamavano. Non aveva il coraggio di guardare il viso del ragazzo, ma ne sentiva il silenzio, il respiro trattenuto. Il pene iniziò a crescere. Lei, continuava a toccare i testicoli, ma le sembrava di non trovare nulla; eppure, le pareva di ricordare che il varicocele fosse una patologia che non può regredire spontaneamente; ma i pensieri si confondevano, e il cuore spingeva sangue alla testa come un martello pneumatico. Il sesso del ragazzo aveva raggiunto la piena erezione: era grosso, tozzo, leggermente storto, e lei, con una grazia quasi materna, lo teneva appoggiato al palmo della mano. Guardò quel viso che la stava fissando, e subito abbassò gli occhi – sottovoce disse che non trovava il varicocele, che le sembrava che non ci fosse nulla. Aggrottò le sopracciglia. Per un attimo, strinse il pene nel suo palmo, e subito lo rilasciò. Rimase ferma qualche secondo. Lo strinse di nuovo, un po' più a lungo, e di nuovo lo rilasciò. Poi si girò di scatto e disse forte che non c'era nulla.

«Rivestiti pure».

Si sfilò i guanti, si sedette alla scrivania e con le mani che le tremavano aggiornò la sua scheda. Davanti a sé, intravedeva il ragazzo che in piedi si rivestiva – il sesso duro, che lui tardava colpevolmente a ricoprire, la indicava come un'accusa, o la chiamava con una forza già adulta. Ecco la versione vivente di suo figlio morto, ciò che il suo bambino sarebbe potuto diventare e non era diventato: un uomo che lei, in un momento di follia, avrebbe potuto desiderare.

Guardò fuori dalla finestra. Il cielo stava schiarendo. La perturbazione siberiana era passata; aveva fatto molto rumore, ma nessun danno. Augurò buon compleanno al ragazzo, ma non volle concedergli neppure un sorriso. A pranzo, mangiò da sola e, masticando le foglie di un'insalata insapore, pensava al suo bambino che se n'era andato, a quello che non era mai arrivato, e al suo primo marito, e a quello che, accogliendola quando era piena di dolore, le aveva dato due figli – creature senza passato che disegnavano il presente, e il futuro fino al prossimo incrocio. Alzandosi, pensò ancora al ragazzo che aveva visitato, ma fu qualcosa che trattenne per sé, come un ricordo segreto e dolce, che non si può toccare. Poi, al bar, ordinò una macedonia: il gelato alla fragola, in fondo, non le era mai piaciuto.

U.S.T.

La prima cosa che gli venne in mente quando la vide, una decina di anni dopo il loro ultimo incontro, non furono le interminabili partite di Trivial Pursuit a casa sua, con i compagni di corso di Lettere incredibilmente (e insopportabilmente) preparati, o le chiacchierate fino all'una di notte, in macchina, dove si confidavano piccoli amori iniziati, finiti, mai nati, o i tentativi di corteggiamento reciproco, sempre vanificati da problemi di sincronia, e neppure la memorabile vacanza del 1998 – quattro neolaureati pieni di speranze in giro per l'Europa – no: si ricordò di una sera di febbraio del 1996, quando il suo fidanzato aveva raccontato, un po' scherzando, quello che lei (cioè la ragazza che ora aveva davanti) gli aveva detto un giorno in cui aveva le mestruazioni, mentre gli teneva il cazzo in mano: «Non ti preoccupare, si scopa, non mi sono mica messa un tampax anche dietro».

Fino ad allora, non aveva mai immaginato che a Padova, una città famosa per l'ostinazione con la quale le sue ventenni negavano di essere persone sessuate, esistesse una ragazza che, senza troppi giri di parole, chiedeva a qualcuno di metterglielo in culo. Sapeva che l'orgasmo anale era una leggenda metropolitana inventata in qualche film porno: lei, quindi, avrebbe sopportato il dolore fisico non per raggiungere una qualche forma di godimento fisico, ma per cogliere un piacere molto più profondo e misterioso. La sottomissione volontaria che lei aveva offerto al suo ragazzo aveva il sapore aspro e pungente di un tabù infranto – una discesa in un sottosuolo scuro, corrotto, infernale.

Da quella sera, quindi, niente fu più lo stesso: ora sapeva che le donne erano porche almeno quanto gli uomini, e che volevano scopare, e che erano a disposte a farlo in ogni modo. Quei corpi, che lui da anni desiderava invano, smisero improvvisamente di sembrare irraggiungibili.

Ma in realtà le cose non cambiarono poi tanto. Nessuna delle ragazze che ebbe negli anni successivi si dimostrò così sfrontata, o così coraggiosa: qualche pompino in luoghi insoliti, qualche posizione strana, ma non accadde mai quel piccolo miracolo che gli era stato raccontato; alla fine, dopo anni di tentativi infruttuosi, decise di accontentarsi. Qualche volta, però, capitava ancora che, prendendo sua moglie da dietro, gli scivolasse lo sguardo tra il buio delle sue natiche: era in quei momenti che veniva sorpreso da un desiderio incomprensibile.

Dopo dieci anni, quella ragazza si era materializzata improvvisamente dietro di lui, mentre entrambi stavano in fila nell'unica cassa aperta all'Auchan. Era agosto, sua moglie era in vacanza, e in giro si vedevano solo pensionati e badanti che cercavano un po' di fresco nei centri commerciali; fuori, attraverso le ampie vetrate, si intravedeva l'aria tremare sopra l'asfalto rovente, simile a un liquido miraggio nell'arsura del deserto.

La meccanica dell'incontro fu lieve: lei per errore gli urtò la spalla, lui si girò, lei sorrise per chiedere scusa, e lui la riconobbe in meno di un secondo. Lei invece impiegò un po' di tempo per cogliere, in quella faccia un po' spiegazzata, i lineamenti del suo vecchio amico: lo fissò perplessa, ma poi, d'improvviso, si illuminò; e poiché le fu evidente che lui non sapeva cosa fare, lo abbracciò con un impeto pieno di allegria. Lui strinse quel corpo caldo e un po' sudato: fu proprio in quel momento che si ricordò della storia che l'ex fidanzato aveva raccontato tanto tempo prima.

Dopo aver pagato (lui birra, insalata russa, un pacco di pasta; lei una confezione di Jocca, due cetrioli enormi, un vaso di yogurt greco e un pacchetto di assorbenti), si spostarono in un bar che si affacciava sul corridoio deserto del centro commerciale. Tenendo una granita al limone tra le mani, parlarono di quello che era successo negli ultimi anni – lui le disse che era sposato, e che aveva un bambino; lei, che da poco era separata (*felicemente separata*, precisò), che era a Padova per seguire un corso di yoga, e che per quella sera non aveva nulla da fare. Lui, prima di invitarla a cena a casa sua, deglutì – un movimento involontario, che però lo inchiodava di fronte alle proprie intenzioni.

Si salutarono con un bacio sulla guancia, dandosi appuntamento alle otto; poi, mentre lui guardava la schiena che si allontanava, sua moglie lo chiamò. Era in spiaggia, con il bambino: si sentivano il rumore del vento, e voci in lontananza. Parlarono di come era andata la giornata, di quanto mancava al weekend, del caldo. Quando lei gli chiese cosa avrebbe fatto quella sera, lui rimase sul vago: accennò a un vecchio amico che aveva incontrato per caso all'Auchan, con il quale, probabilmente, avrebbe passato la serata – sempre che si riuscisse a trovare una birreria aperta, da qualche parte, in agosto, a Padova. Prima di chiudere, lei gli passò suo figlio, ma poiché non sapeva ancora parlare, lui non seppe cosa dirgli.

Dopo la telefonata, era rientrato nel supermercato e aveva comprato pasta fresca, gamberetti, zucchine, filetto, aceto balsamico, e tre bottiglie di vino (prima di arrivare alle casse, aveva aggiunto dell'insalata, una bottiglia di prosecco, e, di sfuggita, una scatola di preservativi). Poi si era diretto a casa. Quando arrivò si rese conto che era ridotta a un disastro: i piatti, le pentole, i bicchieri, si erano accumulati nel lavello; in camera, c'erano mutande e magliette sparse sul letto, per terra, sulla cassapanca; e ovunque, in ogni stanza, si sentiva l'odore di qualcosa che stava marcendo. Sistemò la cucina, lavò per terra, raccolse tutta la biancheria e la gettò nel bagno piccolo, che poi chiuse a chiave; aprì le finestre del salotto, tolse il copridivano pieno di briciole, gettò via i fazzoletti di carta sparsi in giro, buttò una lattina di birra iniziata da tre giorni che non era ancora riuscito a finire. Ogni tanto sua moglie gli mandava un messaggio – come va? Il piccolo ora dorme, mi manchi – e lui rispondeva gentile, ma con le mani sudate. Accese l'aria condizionata; tuttavia, dopo qualche minuto, cambiò idea: pensò, forse con una parte primitiva di cervello, che il caldo lo avrebbe aiutato.

Alle sette e mezza, dopo aver sistemato la casa – almeno negli aspetti più evidenti – aveva finito di cucinare il sugo per la pasta. Poco prima delle otto, si lavò i denti; poi, nel dubbio, si fece anche un bidè: un'erezione piuttosto decisa sotto il getto dell'acqua calda sembrava accusarlo di qualcosa. Non sarebbe successo nulla, si disse: ma mentre si lavava, pensò alla bocca di lei mentre accoglieva, nel suo calore umido, il cazzo duro che ora teneva tra le mani.

Arrivò alle otto e cinque, suonando il campanello due volte, come un postino. Mentre saliva le scale, lui pregò che nessun vicino la vedesse entrare. Quando fu dentro, si abbracciarono di nuovo – lei con una mano sola, perché nell'altra teneva una vaschetta di gelato. Gli fece i complimenti per il profumo invitante che arrivava dalla cucina, e per la bella casa; lui la guardava parlare, e pensò che in dieci anni, era sicuramente invecchiata, ma il sorriso era quello della sua giovinezza. Indossava una maglietta grigia (la cui scollatura lasciava intravedere, con estiva generosità, il seno), una gonna ampia e leggera, sandali infradito. Le unghie dei piedi erano colorate con cura: anche quella piccola scheggia che ricopriva i mignoli – le più inutili e ridicole appendici degli esseri umani – mostrava, di sbieco, il rosso lucido dello smalto.

Mentre lui preparava la cena – mescolando la pasta, facendo saltare i gamberetti con le zucchine, battendo la carne per il secondo – lei stava seduta su una sedia della cucina, dietro di lui: la sentiva parlare, e ridere, muoversi e sistemarsi i capelli. Ogni tanto girava la testa per sorriderle, e la vedeva con le gambe accavallate, il piede sgusciato fuori dal sandalo, il viso un po' arrossato per il caldo della cucina; poi tornava a guardare le pentole, e pensava che a casa sua c'era una donna, che sua moglie non sapeva nulla, e che sarebbe stato bellissimo se lei si fosse alzata dalla sedia per mettersi in ginocchio davanti a lui, glielo avesse tirato fuori, e avesse iniziato a succhiarglielo, così, senza dire nulla – solo perché le piaceva farlo: solo perché le piaceva *farglielo*. Quanto avrebbe dovuto aspettare? Gli pareva che tutti quei preamboli fossero inutili, e un po' ipocriti: in quella cucina c'erano due adulti che in gioventù si erano piaciuti, e che ora si trovavano a mezzo metro di distanza, da soli, in piena estate.

Mangiarono in salotto. Mentre parlavano, lei continuava a ridere fragorosamente per ogni sciocchezza, gettando la testa indietro, e muovendo le spalle, le braccia, il busto. Il seno accompagnava quei sussulti, in lieve ritardo, quasi in opposizione di fase con il resto del corpo. Lui, pur portando avanti una conversazione leggera e frizzante, la scrutava a fondo, con una torva serietà, cercando di capire se fosse o meno consapevole di ciò che lui desiderava: qualcosa di animale, una bestia cattiva, spingeva da dentro, a testa bassa, implacabile, e fissava le orecchie scoperte, i denti regolari, le labbra umide, le mani che ogni tanto si avvicinavano per una carezza. In quel corpo davanti a lui, tutto evocava desiderio: perfino la piccola ruga che si formava tra le sopracciglia quando lei pensava, perfino il graffio che un gatto le aveva fatto sul dorso del braccio. Più lei rideva, e più lui sentiva che la camera da letto si avvicinava.

Ma dopo mezz'ora di quelle scaramucce, lui iniziò ad avere la sensazione di essere ancora al punto di partenza. Quelle risate sembravano sempre più delle risate, e nient'altro che questo. Continuò a versarle del vino, con metodo, con ostinazione, per forzare l'assedio: lei beveva alzando il bicchiere, e poi era un po' più ubriaca di prima, ma il suo sguardo insisteva nel mostrarsi fraterno. Al supermercato, lei aveva comprato degli assorbenti, ma questo – lo sapevano entrambi – non sarebbe stato un problema: il tampax, chiudendo una porta, ne apriva un'altra. Anzi, c'era la garanzia che quando lui le si fosse avvicinato, e avesse iniziato a passare le mani lungo il corpo, e lei, ricambiando i baci, gli avesse preso il cazzo tra le mani, sarebbe successo quello che sognava da almeno quindici anni. Scivolando nella camera da letto, dopo essersi spogliati vicendevolmente lungo il corridoio, lei si sarebbe girata sulla pancia, e gli avrebbe offerto il proprio dolore in cambio del suo piacere.

Dopo aver finito il secondo, lei disse che aveva voglia di una sigaretta. Andarono in terrazza. Davanti a loro, c'era un palazzone alto dieci piani, stupido e minaccioso nella sua inutile imponenza. Come una scacchiera, le finestre erano un po' accese e un po' spente – i lavoratori rimasti a Padova, le famiglie partite per la vacanze. Al nono piano, un tizio fumava in mutande, appoggiato con i gomiti sulla ringhiera, come se stesse pensando a qualcosa di serio. Al quarto, una vecchia, grassa come un bue, era seduta su una sdraio e si faceva fresco con un ventaglio. Il rombo della città era lontano, flebile, stanco; le uniche voci erano quelle delle televisioni, che echeggiavano da una casa all'altra. Sopra, il cielo era limpido.

Si sedettero per terra. Lei era scalza, ubriaca, sudata; dopo essersi raccolta i capelli dietro alla nuca, gli chiese se poteva soffiarle sul collo. Lui soffiò, in silenzio. Gli tremava il fiato. I capelli erano profumatissimi. Avrebbe voluto baciarla. Avrebbe voluto leccarla. Avrebbe voluto spogliarla, là, in terrazza, e poi distendersi sopra di lei, e poi guardare il suo viso: avrebbe chiuso gli occhi? Come sarebbe stato il suo ansimare? Cosa sarebbe diventata la sua esuberanza, una volta che avessero iniziato a scopare? Ecco l'unica ventenne di Padova che aveva offerto il culo al suo ragazzo; cosa aveva imparato, nei quindici anni che erano passati da allora? Quali altri tabù aveva infranto? In quel momento, forse ci fu una forma di telepatia, perché lei, dopo essersi accesa una sigaretta, si distese sul pavimento della terrazza.

«Mi gira la testa. Penso di essere ubriaca».

Sollevò un po' le gambe e gli poggio i piedi sulle gambe.

«Hai voglia di massaggiarmi un po'? È tutto il giorno che cammino».

Lui strinse i piedi tra le mani: i dorsi erano caldi e lisci, ma sotto c'era una ruvida polverosità. Lo smalto delle unghie, in quella penombra, sembrava quasi nero. Passò le dita della sua mano tra le dita piccole e morbide del piede destro. La gonna aderiva alle gambe inclinate, sollevandosi nel punto in cui si incontravano; il seno, nonostante il reggipetto, si era allargato verso il basso.

Lei, tenendo una mano sulla fronte, iniziò a indicare con l'altra le costellazioni: Orione, l'Orsa Maggiore, l'Orsa Minore. La voce, un po' strascicata, continuò ad elencare i nomi di tutto quello che brillava in cielo; a lui, sembrava che le stelle non sarebbero mai finite, che sarebbe arrivato giorno prima che lei avesse smesso. Intanto, il fumo azzurrino e impalpabile che lei espirava arrivava fino a lui, pigramente; lui lo inseguiva con il naso, con il disperato desiderio di condividere qualcosa con lei.

Ma, nonostante alcune teorie dicessero il contrario, l'universo era finito, oppure lei si stancò, perché poco dopo tirò i piedi verso di sé, e si mise seduta, appoggiando la schiena al muro della casa. L'uomo in mutande del palazzo davanti aveva acceso un'altra sigaretta, e sembrava interessato a quello che sarebbe successo in quella terrazza.

«Mi fai un caffè?» gli chiese, tenendosi la faccia tra le mani.

Lui si alzò, attraversò il salotto, e andò in cucina. Per terra, c'erano i suoi sandali: ne prese uno in mano, e lo portò al viso. Con le labbra sfiorò la superficie ruvida. Tirò fuori la punta della lingua e la appoggiò al cuoio scuro.

«Hai fatto?» chiese lei dal salotto – era rientrata anche lei dalla terrazza.

Mise su la moka. Portò il caffè in salotto. Prima di entrare, immaginò che lei fosse già nuda, sul divano, con gli occhi chiusi: lui si sarebbe seduto per terra, le avrebbe allontanato le gambe, e l'avrebbe leccata... ma gli sembrò, per un attimo, che anche in quella fantasia lei si scostasse, chiudesse le cosce, lo allontanasse. C'era stato un equivoco. Il fidanzato di allora aveva raccontato una palla, tanto per vantarsi. Oppure lei si era pentita del suo passato lascivo, e da allora aveva fatto la brava.

Entrò in salotto. Lei era in piedi, appoggiata al tavolo, e sfogliava un libro che aveva trovato da qualche parte. Appoggiò il caffè, e le chiese se voleva una sambuca. Lei scosse la testa. Lui prese comunque una bottiglia da una credenza, e si riempì un bicchierino. Ripresero a scherzare. Lei gli raccontò di come si era separata da suo marito, di come un collega di lavoro continuava a corteggiarla, e di quando era sposata e un amico, anche lui sposato, le aveva dichiarato il suo amore con il candore di un bambino, e lei non aveva saputo cosa fare. Sembrava stanca, confusa, ma non smetteva di parlare. E lui la guardava. Possibile che non capisse quanto fosse attraente? Davvero non capiva cosa fossero, in realtà, le labbra con cui parlava, le orecchie con le quali ascoltava, il seno che, nel suo ondeggiare, continuava a sfiorare il tavolo? Ma ormai aveva rinunciato. La camera da letto, come un miraggio nel deserto, si era spostata qualche chilometro più in là: non sarebbero mai passati lungo il corridoio tenendosi per mano. La lasciò quindi parlare, annuendo, sorridendo, rispondendo ogni tanto. L'alcol avrebbe mitigato quella delusione. E poi lui era sposato, voleva bene a sua moglie, aveva un figlio piccolo. Se fossero andati a letto, loro due, quella sera, sapeva che dopo sarebbe iniziato il pentimento per quello che era successo. Aveva deglutito quando l'aveva invitata a cena. Si era fatto un bidè alle otto di sera. Sotto il tavolo, c'era un'erezione che andava e spariva, come se non capisse bene quale fosse il momento giusto per uscire allo scoperto... Qualsiasi giuria l'avrebbe giudicato colpevole.

A un certo punto, lei chiese se poteva assaggiare la sambuca: prese il bicchiere, bevve un piccolo sorso, e glielo restituì. Sul bordo, nel lato rivolto verso di lei, era rimasta l'impronta delle sue labbra. Continuarono a parlare, ma ora lui aveva un obiettivo a portata di mano. Lentamente, iniziò a far ruotare il bicchiere, qualche grado ogni tanto, sperando che lei o non vedesse, oppure capisse, finalmente, cosa lui intendeva fare. Dopo un minuto, il segno lieve del rossetto era dalla sua parte. Alzò la sambuca, la portò alla bocca. Ora, le sue labbra stavano toccando le sue.

Mangiarono il gelato, e poco prima di mezzanotte lei gli disse che doveva andare a casa: lui non oppose alcuna resistenza. In cucina, recuperò i sandali, e poi si avviò verso la porta di casa. Prima di uscire, si abbracciarono – lui avrebbe potuto far scivolare le mani verso la gonna, o stringere più forte, o tentare un bacio sul collo, ma rinunciò, e non seppe bene perché. La guardò scendere le scale, barcollante, e mentre si chiedeva se fosse saggio, da parte sua, lasciarla guidare in quelle condizioni, notò che il suo culo era diventato molto più grande di quello che aveva visto al centro commerciale, poche ore prima. Lei, prima dell'ultimo scalino, si girò per salutarlo con la mano: si fecero un sorriso, come una specie di piccolo addio senza troppa importanza. Non si sarebbero mai più rivisti.

Lasciò tutti i piatti sul tavolo (e sarebbero rimasti là fino a venerdì sera, come un monito), si spogliò e si infilò sotto le lenzuola. La camera era calda, ma ormai era troppo tardi per accendere l'aria condizionata. Prese il cellulare. Lo accese, e ricevette un messaggio di sua moglie: gli augurava buona notte. Quando lo aveva mandato non erano ancora le nove e mezza. Chiuse gli occhi, e la immaginò distesa accanto a suo figlio, entrambi immersi in un silenzio innocente. Scrisse anche lui un sms – un semplicissimo 'Ti amo' – e lo mandò attraverso i chilometri di cielo che li separavano. Il desiderio per la vecchia amica continuava a girare per il suo corpo, come un eccesso di vino non ancora smaltito, ma a questa ebbrezza un po' velenosa si era aggiunta una dolcezza profonda e antica. Si chiese in che modo quei sentimenti così lontani si mescolassero dentro di lui, in quell'abbraccio intimo, e inscindibile, e avrebbe voluto capirne di più, ma aveva sonno, aveva bevuto troppo, si sentiva confuso, o forse non gliene importava niente: certe cose, si disse, è meglio non saperle. Si girò su un lato, e con il cellulare in mano, e un'erezione che non accennava a diminuire, si lasciò cullare dalla brezza della notte.

Il giardino dell'Eden

Lo tradì una mattina di novembre, mentre i bambini erano a scuola, suo marito a lavoro, e pioveva da una settimana. Durò meno di dieci minuti: iniziarono nel corridoio, e finirono in camera, nel letto che quell'uomo divideva con una donna che lei non conosceva. Non si spogliarono nemmeno: lui aveva abbassato i jeans, lei aveva alzato la gonna. Lui venne con una specie di rantolo; poi, sembrò imbarazzato, come se fosse stato coinvolto in una faccenda che non lo riguardava. Lei avrebbe voluto dire che lei non c'entrava – che era stata vittima di un inganno, o di un'incomprensione – o che l'aveva fatto per gentilezza, ma per quanto si sforzasse non poteva negare l'orgasmo che l'aveva colta di sorpresa, pochi istanti prima che lui venisse.

Non era persona da relazioni extraconiugali. Nel suo necrologio avrebbero potuto scrivere *madre affettuosa, moglie serena, amante un po' tiepida, donna qualunque*. Da sempre criticava i tradimenti di cui sentiva parlare. Aveva conosciuto il suo amante in Internet, su Facebook, per caso, attraverso un'amica comune: condividevano la passione per Fabrizio De André. Si scambiarono l'indirizzo mail, e per un mese parlarono delle sue canzoni, e di nient'altro. Lui era un esperto di musica, o così sosteneva; per hobby suonava il basso in un gruppo che ogni tanto si esibiva in qualche piccolo festival; su Youtube giravano alcuni video nei quali si distinguevano a malapena i contorni. Quelle chiacchierate virtuali divennero una piacevole abitudine: la mattina, appena sveglia, prima di portare i figli a scuola, prima ancora di preparare la colazione, accendeva il PC per vedere se era arrivata posta. Un giorno lui non scrisse, e lei sentì una piccola stretta al cuore. Gli scrisse, lui non rispose. Gli mandò un messaggio su Facebook, ma inutilmente. Ne sentiva già la mancanza. Quando suo maritò la chiamò, intorno alle undici del mattino, per sentire come andava, lei fu meno dolce di quanto avrebbe voluto. La sera sgridò troppo forte il piccolo, che pianse; se ne pentì, e lo tenne con sé, la notte, nel letto. Il giorno dopo lui finalmente le scrisse, ma non parlò di musica: in una lunga mail, le disse che era sposato, e aveva un figlio; tra le altre cose, le confessò che la vita non era stata generosa con lui.

Qualche settimana dopo si videro per un caffè e lei preferì non dirlo al marito. Si aspettava un uomo più giovane – nelle foto del profilo i capelli erano lunghi e neri – ma aveva un sorriso dolce, e un po' timido. Parlarono come se si conoscessero da tempo.

Dopo il caffè passeggiarono un po'. La primavera stava lasciando il posto a un'estate torrida. Chiacchierarono di musica, di figli, di quando erano più giovani, del marito, della moglie. Lei gli disse che era orgogliosa della propria famiglia; lui tirava calci ai sassi. Quando arrivò l'ora di andare a prendere i bambini a scuola, si salutarono con due baci sulle guance.

Nei giorni successivi, le loro mail parlarono di quell'ora passata insieme; poi passarono a parlare della prossima volta che si sarebbero visti. Lei apprezzava l'attenzione che lui mostrava verso le cose che gli raccontava: anche i piccoli dettagli sembravano importanti.

Si rividero a luglio. I bimbi erano andati dai nonni, al mare. Le giornate si erano riempite di un sacco di tempo libero. L'uomo lavorava con un contratto part-time per una società di servizi – in pratica, una cooperativa che sgomberava garage, cantine, soffitte, case abbandonate – e spesso era a casa da solo. Da giovane aveva studiato filosofia, ma non si era laureato perché i genitori avevano smesso di pagargli la retta dell'Università. Quando aveva conosciuto sua moglie era stato amore a prima vista, ma lei era rimasta incinta un po' troppo in fretta: non avevano soldi, e dovettero arrangiarsi con quello che avevano. Poi le cose si erano complicate.

Quattro mesi dopo, aveva fatto l'amore con lui, ci era finita a letto, si era fatta scopare, o si erano amati: in qualsiasi modo lo si dicesse, era qualcosa che lei non avrebbe mai voluto fare. Ripensava a come era andata. Lui l'aveva invitata a casa, le aveva mostrato il salotto, la cucina, la camera del bambino, la foto di lui e sua moglie quando si erano sposati; le aveva offerto un caffè con due biscottini. Cosa c'era di male? Non aveva senso dire di no al caffè, e non era necessario rifiutare i biscotti: a un metro da loro c'era la foto di un matrimonio, e poco più in là la stanza di suo figlio, con la porta aperta sul corridoio. In quella cucina modesta, davanti a due tazzine di caffè, non c'erano due amanti che si vedevano di nascosto. Ma allora, perché era successo? Perché, mentre lui la abbracciava, non aveva saputo tirarsi indietro? Non aveva bisogno di quel calore. I figli, suo marito, la casa, tutto quello che avevano costruito aveva una solidità senza crepe – un paradiso in miniatura dove tutti si volevano bene. Per quell'uomo provava tenerezza, simpatia, affetto, ma nessun desiderio. Eppure lei, per tutto il tempo, non lo aveva mai allontanato, neanche con un piccolo gesto della mano. Era rimasta là, come se quello che stava succedendo fosse una cosa che non la riguardava. Suo marito era a lavoro, e non sapeva che sua moglie era nel letto di un altro uomo; i suoi bambini erano a scuola, e mentre disegnavano alberi, tramonti, persone con la testa gigantesca, la loro mamma stava per godere. Per tutto il tempo non aveva mosso un dito: non gli aveva accarezzato la testa, non l'aveva abbracciato, non l'aveva stretto a sé mentre lui veniva in silenzio, come se così ci fosse una forma ridotta di responsabilità. Ma il suo orgasmo era l'impronta di un dito sul calcio di una pistola fumante.

Quando tornò a casa, le tremavano le gambe. Invece di pranzare, riempì la vasca da bagno e rimase immersa là dentro per un'ora: alla fine, l'acqua era fredda, e le candele che aveva acceso lungo il bordo della vasca si erano spente. Suo marito la chiamò poco dopo le due – era di fretta perché era appena uscito da una riunione e non aveva ancora pranzato, e alle due e un quarto doveva incontrare un altro cliente – e lei non ebbe la forza di chiedergli di tornare a casa, di passare il pomeriggio con lei, a letto, o in cucina, bevendo una cioccolata calda che avrebbero preparato, o a mangiare biscotti. Si distese nella cameretta dei bambini; alle tre e mezza si alzò per andare a prenderli. Li vide uscire dalla scuola di corsa, con il berretto schiacciato in testa, la cartella enorme sulla schiena; quando si lanciarono verso di lei per abbracciarla, lei li strinse a sé, a occhi chiusi, e sentiva che se non li avesse allontanati subito sarebbe scoppiata in lacrime. Quella mattina, lei aveva messo una bomba dentro al loro nido, mettendo in pericolo il futuro dei suoi figli. Li abbracciava come se presto li avrebbe persi.

Una volta a casa, preparò una torta di mele, lavò i bagni, sistemò la cucina. Non accese il PC per tutto il pomeriggio. Ogni dieci minuti dava un'occhiata all'orologio, pensando a cosa avrebbe fatto quando sarebbe tornato suo marito, a come l'avrebbe guardato, a cosa gli avrebbe detto.

Quando lui aprì la porta, poco dopo le sette, e lei gli andò incontro per salutarlo, lui non vide nulla: le diede un bacio leggero, come faceva tutte le sere, e le chiese come era andata la giornata. La sua colpa era ben nascosta – e anche questo le fece male. Lui annusò l'aria: aveva preparato la pizza? I suoi occhi erano allegri. Poi si tolse la giacca, si sfilò la cravatta, e andò in salotto, dove i bambini avevano iniziato a montare una pista delle macchinine: si sedette con loro, e li aiutò a finirla. Poi, si sfidarono in gare che lui perse sempre. La cena, intanto, era pronta. Fuori, aveva ripreso a piovere.

Dopo aver mangiato, andarono in salotto e guardarono un po' la televisione: c'era il circo su Rai 3. Alle dieci misero i bambini a dormire, quindi si lavarono e si misero in pigiama. A letto, ognuno aveva un libro da leggere, e mentre sfogliavano le pagine, lei ascoltava quel respiro che conosceva così bene.

Poi suo marito appoggiò il libro sul comodino, spensero la luce, si diedero un bacio per augurarsi la buona notte. Piano piano, lui scivolò nel sonno: il suo respiro era un mantice leggero che soffiava sul loro piccolo focolare; era il sospiro inconsapevole di un uomo che non aveva mangiato dall'albero della conoscenza del bene e del male. Non gli avrebbe mai rivelato quel segreto impossibile da sostenere: lui l'avrebbe perdonata, ma sarebbe rimasta una ferita sempre aperta; a ogni abbraccio, a ogni bacio, a ogni carezza, si sarebbe rinnovato il dolore. Suo marito doveva rimanere dov'era: in un mondo dove le persone non sbagliano mai, e la bontà controlla ogni movimento. Poi anche lei si assopì, e nel dormiveglia sentiva voci di bambini, il fruscio di un velo, passi veloci, e, in mezzo a quel brusio, il respiro forte dell'uomo con il quale aveva fatto l'amore quella mattina; ed ebbe un brivido profondo lungo la schiena, per il ricordo di quei momenti che appartenevano soltanto a lei: un piacere che le bruciava come il marchio della colpa, e che lei voleva trattenere, per quanto male le facesse. Ma nella penombra della camera sentiva che c'era un altro segreto, molto più nascosto, e che non voleva rivelare nemmeno a se stessa: *nulla era successo per caso*. Intanto i sogni si ingarbugliavano con la realtà, confondendo i confini tra l'amore e il desiderio, tra il suo corpo e il suo cuore, e sembravano dire che sarebbe successo di nuovo, e poi di nuovo ancora, perché l'Eden – quel giardino dove tutto era buono, e gli esseri umani sembravano fotocopie di un Dio senza passione – aveva una porta di sola uscita.

TAC

La prima volta fu in un pomeriggio d'ottobre – uno di quei giorni con il cielo terso, il rumore croccante delle foglie sui marciapiedi, l'aria pungente, l'odore della terra umida – e lei non se l'aspettava: durante un controllo di routine, il medico le individuò un nodulo alla mammella sinistra, grande come *un acino d'uva*. Per un attimo, le sembrò che si trattasse di un brutto sogno: era convinta che 32 anni fossero un'età in cui i problemi da affrontare fossero altri – la casa, il bambino ancora piccolo, il lavoro da conciliare con l'asilo, le pappe, le camicie da stirare. Quando si riprese, con un coraggio di cui si stupì, chiese se quel nodulo fosse maligno. Il dottore le rispose che avrebbero dovuto fare una biopsia: con un ago, avrebbero aspirato il contenuto di quel nodulo, e l'avrebbero analizzato. *Farà male?* domandò preoccupata. *Un po'*, le rispose. Mentre si rivestiva, le venne in mente una scena di un film che aveva visto intorno ai quindici anni, ma del quale non ricordava il titolo.

Uscita dal centro medico, corse all'Auchan a comprare mezzo chilo di petti di pollo, l'insalata, un pacco di funghi in scatola, la panna. Tornò a casa, e non disse nulla al marito. Il loro bambino, che allora aveva tre anni, stava guardando i Teletubbies alla televisione; il gatto (un vecchio soriano castrato) dormiva sul divano, accovacciato su un cuscino. A cena parlarono delle solite cose – un po' di lavoro, un po' di politica. Il piccolo, anche se non capiva nulla di quei discorsi, ascoltava curioso; però aveva sonno, e quindi lei dovette imboccarlo con pazienza. Quando finirono, lo prese in braccio e lo portò nel suo lettone, gli tolse la tutina che indossava dalla mattina, gli mise un pigiama del re Leone, gli fece appoggiare la testa sulla sua spalla, e aspettò che si addormentasse. Nel giro di qualche minuto il suo respiro divenne regolare e profondo. Più tardi, in cucina, raccontò tutto a suo marito, che la rassicurò: insieme, disse, ce l'avrebbero fatta.

Venti giorni dopo le asportarono il nodulo. Era maligno. La chemio iniziò dopo un mese. Le prime due volte furono terribili – le veniva da vomitare, senza riuscirci; le altre quattro andarono meglio. Alla fine le dissero che era fortunata, perché aveva un corpo forte: gli effetti collaterali erano stati trascurabili, e i capelli le sarebbero cresciuti in fretta. Per sicurezza, si sottopose anche a un ciclo di radioterapia, e quando finì, era quasi estate. Suo marito portò lei e il bambino a Venezia, per un weekend pieno di sole. Fecero anche un giro in gondola, e scattarono molte foto. Quando tornarono a casa, con la pelle scottata e un po' di cianfrusaglie comprate a Rialto, sembrò che gli ultimi mesi fossero stati soltanto un brutto sogno dal quale si erano finalmente risvegliati.

Cinque anni dopo, durante una visita di controllo, trovarono un nuovo nodulo al seno destro. Le spiegarono che probabilmente si trattava di una predisposizione congenita, ma che c'erano buone probabilità che anche questa volta la diagnosi fosse stata fatta in tempo. Il medico suggerì una TAC; insieme, guardarono le foto che, in un modo che a lei risultava incomprensibile, rappresentavano l'interno del suo corpo. Il nodulo, che questa volta era poco più grande di una *osso di ciliegia,* presentava bordi poco definiti e alcune ramificazioni insidiose. Le spiegarono che probabilmente sarebbe stato più saggio asportare l'intera mammella; quando glielo dissero, lei sollevò le braccia sul petto, come per difendersi il seno.

Quel pomeriggio non andò a fare la spesa, ma andò direttamente a casa; là, si distese nel letto e rimase immobile, a guardare il cielo nero attraverso la finestra della camera. Suo figlio, che ormai aveva otto anni, era in salotto e stava facendo i compiti, in silenzio – quando era rientrata, l'aveva trovato mezzo addormentato davanti alla televisione, con un mandarino in mano, e l'aveva rimproverato; lui aveva pianto, ma poi aveva capito. Era più grande della sua età, e sapeva già stare a casa da solo, il pomeriggio, quando la mamma e il papà erano a lavoro, e i nonni, per qualche motivo, non potevano fargli compagnia. Suo marito tornò poco prima delle sette; lei si alzò dal letto e gli disse tutto, e subito: sentiva di non avere più la forza di cinque anni prima. Lui le fece coraggio, e le disse che anche questa volta sarebbe andato tutto bene; poi propose di ordinare tre pizze. Le mangiarono bevendo due birre e una coca. Alla fine della cena, non riuscivano a smettere di ridere per una buffa storia che era successa al figlio, a scuola. Andarono a dormire tardi. Poco prima di mezzanotte, qualche minuto dopo aver spento la luce, le venne in mente il titolo del film che, cinque anni prima, non era riuscita a ricordare.

Il giorno prima dell'operazione, entrò in una Chiesa vicina all'Ufficio in cui lavorava. La stessa che frequentava da bambina. Le sembrò che fosse rimasto tutto come allora: l'odore umido e denso, la luce che pareva oro scuro, l'altare che si stagliava sul fondo della navata. Una Madonna, raffigurata in un piccolo affresco sul lato destro della chiesa, era perfino ringiovanita, come accade a tutti gli adulti che un bambino rivede dopo molto tempo. All'ingresso, vicino all'acquasantiera, c'era un crocifisso di legno, a grandezza naturale, lo stesso che lei vedeva quando, da piccola, arrivava tardi alla messa e stava in piedi, in fondo, a scherzare sottovoce con le compagne di classe. Il Cristo era un uomo secco, scuro, e inchiodato al legno. Gli si potevano contare le costole; le rotule erano due grossi nodi sulle gambe magrissime. Da là sopra, continuava a guardare giù, con un viso pieno di sofferenza e disperazione, come se stesse implorando di essere salvato. I lembi della ferita sul costato sembravano un paio di labbra aperte, piegate in una smorfia di dolore. Gli toccò i piedi, le dita, i tendini tesi, il chiodo che lo fissava alla croce, e sentì che quell'uomo avrebbe potuto capirla, se fosse stato davvero là, davanti a lei, nel silenzio di quella chiesa.

La convalescenza dell'operazione fu lunga. La chemioterapia era diventata più pesante, e lei era cinque anni più vecchia. Fu tentata di smettere, ma suo marito, e in qualche modo suo figlio, le facevano coraggio. A volte, quando passava un pomeriggio con la testa dentro al gabinetto, aveva l'impressione che il contorno della tazza fosse il bordo di una zattera alla quale stava aggrappata dopo un tragico naufragio: a 37 anni, era già arrivato il momento in cui, per vivere, bisognava volerlo.

Due volte alla settimana andava in un centro di fisioterapia per la riabilitazione delle donne sottoposte a mastectomia. Alcune compagne di corso erano più giovani di lei – c'era una mamma che aveva partorito da meno di sei mesi, e che aveva dovuto aspettare che il bimbo nascesse per poter essere sottoposta all'intervento; la maggior parte delle donne, però, era più vecchia: c'era perfino una signora che prima di Natale avrebbe compiuto ottant'anni, e che faceva progetti per un futuro piuttosto remoto. Davanti lo specchio, in tuta, e con una bandana in testa, si guardavano con la coda dell'occhio, e sembravano tutte impaurite: l'orrore le aveva sfiorate e, in quel contatto, si era portato via qualcosa di loro. Anche se il centro di fisioterapia metteva a disposizione delle docce, quelle donne preferivano lavarsi a casa;

e lei, nel suo bagno, si domandava se anche le sue compagne di corso evitavano di guardarsi allo specchio senza un accappatoio addosso. Ogni tanto, mentre l'istruttrice insegnava gli esercizi da fare a casa, pensava al suo gatto, che era morto due anni prima: gli era venuta una malattia della pelle che lo spingeva a mordersi, a sangue. Nonostante le cure, nel giro di qualche settimana si erano formate delle piaghe che emanavano un odore terribile. Continuava a mordersi, e poi a leccare quelle ferite che non si chiudevano. Prima si lamentava con dei miagolii lunghi e lenti; poi aveva smesso, e se ne stava sotto il letto, o nascosto dietro al divano, come se fosse possibile nascondersi a quel dolore. Alla fine si affidarono alla clemenza di un veterinario.

Ogni tanto, tornava nella chiesa dove era passata il giorno prima dell'operazione. Ci andava da sola, dopo il lavoro, o durante la pausa pranzo, e rimaneva in piedi, accanto al crocifisso, tenendo le mani giunte – ma non pregava. Non sapeva neppure se credeva in Dio: da piccola, non se l'era mai chiesto; poi aveva pensato ad altro; e ora, le sembrava che un riavvicinamento alla religione sarebbe stato un atto interessato, e forse un po' meschino. Ma le piaceva stare là, vicino al Cristo inchiodato, ciascuno con le proprie ferite, entrambi in silenzio, covando la speranza che qualcuno, prima o poi, avrebbe guardato giù, e sarebbe venuto a salvarli.

Suo figlio aveva ormai quattordici anni, e non era mai stato al Salone del Libro di Torino: a pensarci, le sembrava che fosse una mancanza imperdonabile alla quale doveva per forza porre rimedio. Suo marito cercò di convincerla a lasciar stare – ci sarebbe andata l'anno prossimo, quando si sarebbe ripresa. Lei pensò che probabilmente non ci sarebbe stato nessun prossimo anno, nella sua vita, e anche se non lo disse, lo fece capire.

Partirono, lei e suo figlio, il sabato mattina, in treno. Lui si era portato *Siddharta*, di Hermann Hesse, che leggeva pigramente, come se fosse un compito che gli avevano dato a scuola, e intanto ascoltava musica con l'iPod. Ogni tanto alzava lo sguardo verso sua madre, e sorrideva con un po' di imbarazzo; aveva perso, da qualche mese, la purezza che aveva da bambino: ora, c'era quell'ombra misteriosa e selvatica che arriva con l'adolescenza, e che se ne va con la vecchiaia. Lei lo guardava, e pensava che quel carattere spavaldo e un po' sbruffone che gli stava venendo fuori insieme ai brufoli, gli sarebbe servito solo a nascondere il dolore che lo aspettava: non a vincerlo.

A pranzo mangiarono un panino nella stazione di Milano. Quando ripartirono, si trovarono in un vagone pieno di vecchie che andavano a Torino per vedere la Sacra Sindone, che, dopo tanti anni, veniva nuovamente esposta al pubblico. Quando suo figlio si appisolò, lei iniziò a pensare al suo Cristo secco e spaventato, che ogni tanto andava ancora a trovare nella Chiesa vicina al lavoro. Arrivarono al Salone all'inizio del pomeriggio. Il cielo, che prima era grigio, e minacciava pioggia, si stava ora schiarendo.

Cinque mesi prima, i risultati delle analisi del sangue, che faceva due volte all'anno, presentavano diverse irregolarità. Fu sottoposta a ecografie, TAC, risonanze magnetiche, che individuarono la presenza di masse tumorali in diverse parti del corpo: fegato, intestino, linfonodi. Sembrava l'inizio di una metastasi. Scelsero una terapia aggressiva. Dopo due mesi, lei avrebbe voluto gettare la spugna. Parlando con alcune donne che seguivano la terapia con lei, aveva sentito di alcune cure alternative, alle quali non aveva mai creduto prima di allora – e alle quali non era disposta a credere nemmeno adesso, nonostante le promesse di risultati miracolosi – ma che la tentavano, perché almeno le avrebbero consentito di arrivare alla morte in condizioni un po' più decenti... C'erano certe mattine, quando il cielo livido sembrava la fotocopia di quello che sentiva dentro, in cui avrebbe voluto rimanere a letto, e non alzarsi più. Ogni tanto, le veniva in mente un libro, che le era capitato tra le mani tanti anni prima – quando andava ancora tutto bene, e l'interesse per la morte aveva una natura, per così dire, accademica – nel quale si spiegava come la gente, nei secoli passati, era in grado di valutare quando era arrivato il *proprio momento*; allora, ci si metteva a letto, si salutavano parenti e amici, si faceva testamento, ci si confessava, si prendeva la comunione, e poi ci si distendeva su un fianco, guardando il muro: aspettando. Nel duemila, invece, tutti – dottori, parenti, pazienti – negavano tutto fino all'ultimo momento: le cellule del suo corpo erano impazzite, ma ancora doveva andare a lavoro, ancora doveva prenotare le vacanze: ancora doveva vivere. Suo marito, che conosceva la reale entità del male, la implorava comunque di resistere, perché – lo dicevano i medici – c'erano delle speranze: aveva solo 43 anni, ed era troppo, troppo presto... In ospedale, nella sala d'attesa, guardava le compagne di chemio, e si chiedeva cosa avessero fatto di male, e a chi, per meritare quella punizione: pelate, con i visi stravolti, le occhiaie scure, la pelle bianca, avevano progetti, desideri – tutta una vita davanti che meritava di essere vissuta –, e invece erano là, consumate, bruciate, divorate dal cancro e dalla sua cura. Le loro madri erano diventate vecchie fino a vedere i loro nipotini; e quelle che ancora erano vive, avrebbero dovuto vedere le loro figlie morire.

Il Salone era pieno di scolaresche. Dando un'occhiata alla guida degli eventi, c'erano sempre almeno sei presentazioni in parallelo: due scrittori italiani molto conosciuti, due scrittori italiani mai sentiti, due scrittori stranieri con interprete a seguito (e nessuno, né lo scrittore né il pubblico, capiva niente). Lungo i padiglioni, le case editrici esponevano i loro libri; i più contenti sembravano gli editori sconosciuti, con il loro minuscolo catalogo di promesse che non si sarebbero mai avverate. Suo figlio la seguiva, mesto: man mano che passava il tempo, le era sempre più chiaro che era venuto là solo per farle un favore, e che avrebbe preferito di gran lunga passare il sabato pomeriggio con gli amici. Lei si sforzava di mostrargli tutto – lo stand di Israele, gli spazi dedicati alla musica, la sezione per i ragazzi – ma dopo un po' si sentì invadere da una tristezza profonda. Dov'era finito il bambino che guardava i suoi genitori con gli occhi pieni di stupore? Presto sarebbe diventato adulto, ma non riusciva a immaginare come sarebbe potuta avvenire quell'evoluzione – quella crescita alla quale lei non avrebbe mai assistito. A un certo punto si fermarono nel grande corridoio che da un lato costeggia gli stand, e dall'altro guarda il piazzale del Lingotto. Lei era senza fiato, piegata in due dalla nausea, e dalla fatica; il foulard che copriva la testa calva – *cancro in corso*, sembrava dire – le faceva colare il sudore sulla fronte, e lungo tutto il viso; lui, invece, continuava a guardare il mondo con uno sguardo svagato, come se non sapesse bene cosa fare, o dove fosse. Lei lo fissò, ma lui distolse lo sguardo, imbarazzato. Avrebbe voluto prendergli una mano e infilarsela nell'intestino, per fargli sentire cosa aveva dentro. Continuò a fissarlo.

«Cosa c'è, mamma?»

«Sto male. Mi manca il fiato. Mi viene da vomitare».

«Vuoi che ci riposiamo un po'?»

«Non c'è tempo».

«Perché? Che fretta abbiamo?».

Non sapeva, non capiva, o non aveva il coraggio di ammetterlo? Lo guardò ancora, ma non riuscì più a riconoscerlo: non era suo figlio, quel ragazzo così alto, con i capelli così lunghi, che non aveva il coraggio di ricambiare il suo sguardo. Piegata, con le mani appoggiate alle ginocchia, come un corridore alla fine di una maratona, gli sussurrò piano un *Vaffanculo* pieno di rabbia e disperazione; lui fece finta di non sentire, o non capì, perché rimase fermo, in piedi, zitto, tenendo le mani in tasca.

Di colpo si mise dritta, aprì la borsetta, tirò fuori il portafoglio, e diede a suo figlio il biglietto di ritorno e cinquanta euro. «Va'» gli disse, «va' a casa. Qui, non ti voglio».

L'aveva seguito con gli occhi mentre si allontanava, mogio, con i piedi trascinati e le cuffiette nelle orecchie. Ogni tanto lui si girava, come se volesse assicurarsi di aver capito bene. Quando lei, seduta sui gradini vicini all'entrata del padiglione principale, lo vide uscire dai cancelli del Lingotto, ormai lontano, ebbe una stretta al cuore – non perché non avesse mai fatto un viaggio così lungo da solo, ma perché in quel momento, a quattordici anni, stava iniziando ad affrontare il futuro che lo aspettava – e lui ancora non se ne rendeva conto. Sarebbe dovuto crescere in fretta, in un'età in cui si dovrebbe avere il tempo di commettere errori.

Il cielo, nel frattempo, si era schiarito – alcune nuvole, bianche e gonfie, si erano accumulate verso i bordi occidentali della volta celeste. Dopo essersi sistemata il fazzoletto in testa, tornò dentro al Salone, e andò a bersi un bicchiere d'acqua. Girò ancora per gli stand, ma le sembrava che quei libri non avessero più senso. Avrebbe voluto trasmettere qualcosa a suo figlio – l'amore per la cultura, ad esempio – ma forse era troppo tardi, e troppo presto: un giorno, pensò, lui sarebbe tornato qui, con i suoi figli, e avrebbe ricordato quel sabato passato con sua madre, e probabilmente si sarebbe commosso, e avrebbe pianto come adesso stava piangendo lei, che stava morendo senza aver perso la voglia di vivere... Dopo mezz'ora, ormai esausta, uscì, prese l'autobus e andò in Stazione. Quando arrivò, vide passare, da una parte all'altra della piazza, una fila di anziani che, lentamente, si dirigeva verso il Duomo. Davanti a loro, una signora con un aspetto energico e risoluto, e più giovane di tutte le altre, teneva alta una specie di bandiera sulla quale riuscì a leggere solo *Shroud*, o qualcosa del genere. Quegli uomini e quelle donne – che insieme facevano un cumulo di secoli – avevano visi sorridenti e pieni di serenità. Poiché mancava più di un'ora al suo treno, li seguì.

Mano a mano che si avvicinavano al Duomo, diventava sempre più difficile avanzare: una folla scomposta si era sparsa sui marciapiedi e sulle strade, rallentando il flusso di persone che cercava di avvicinarsi al Duomo, davanti al quale, in una specie di altare sopraelevato, dentro a un'enorme teca, sotto una tettoia ricoperta di raso, era esposta la Sacra Sindone – i suoi contorni si intravedevano già da lontano. Probabilmente, durante il giorno si era tentato di governare la massa di fedeli che cercava di avvicinarsi alla reliquia, ma le transenne avevano ceduto, e nonostante il servizio d'ordine fosse composto da decine di energumeni, non c'era più modo di riprendere il controllo della situazione. In piedi, accanto alla Sindone, c'era un prete – forse un vescovo – che parlava ai fedeli con un megafono, e li invitava, in nome di Dio, a lasciare che le forze dell'ordine ristabilissero l'ordine: aveva il viso paonazzo, e continuava a chiedere consigli a un uomo accanto a lui. La folla, però, non era più in grado di sentire: quelle persone dal viso mite, i berrettini di Lourdes in testa, un sacchetto con l'acqua in mano, spingevano, ed erano spinte, con una forza mostruosa, come se fosse una questione di vita o di morte. Lei, che aveva cercato di rimanere ai bordi della piazza, venne lentamente risucchiata in quel vortice che, inesorabile, puntava verso l'altare. Man mano che si avvicinava al nucleo di quel magma umano, la temperatura aumentava, e l'aria a disposizione diminuiva, ma nessuno si lamentava: sembrava che quei vecchi avessero passato tutta la vita a conservare energia per quel preciso momento. D'un tratto la folla ondeggiò paurosamente, come se fosse stata colpita su un fianco; qualcuno cadde e iniziarono le grida. Il prete continuava a ripetere di mantenere la calma, ma la voce era così piena di paura che ottenne l'effetto contrario. Era sempre più difficile respirare. A un tratto lei non sentì più il terreno sotto i piedi; cercò di liberarsi dalla morsa che la stringeva, ma non riusciva neppure a muovere le mani. Con terrore si accorse che qualcosa o qualcuno le aveva strappato il fazzoletto dalla testa. Provò a girarsi per vedere dove fosse finito, ma non ci riuscì; provò anche a chiedere ai suoi vicini se la potevano aiutare, ma nessuno la sentiva. Poi si fece tutto più confuso – i rumori, le luci, le voci che gridavano. Le parve che qualcuno dicesse «è svenuta, la signora è svenuta!»: era di lei che stavano parlando? Alcune mani la sollevarono, e la spinsero verso l'alto, verso la luce, verso l'aria. Riprese a respirare. Quando riaprì gli occhi, capì di essere distesa sulla folla, e che quella folla, ora silenziosa, la stava facendo scivolare dolcemente sulla sua superficie, una mano dopo l'altra; il prete, dall'altare, diceva, sottovoce, «portatela fino all'ambulanza». Da quella prospettiva, guardò i palazzi che circondavano la piazza, illuminati dal sole che stava tramontando, e rise, come una bambina in altalena che vede il mondo capovolto. Poi girò la testa verso la Sindone, alla quale ora si era avvicinata: eccola, dunque, la foto di Cristo mentre moriva, la TAC della sua passione. Sembrava che quelle macchie scure, quegli occhi chiusi, quelle ferite aperte da duemila anni, parlassero di lei, del suo dolore – della sua umanità corrotta che la stava condannando a morte; e che, attraverso una misteriosa trascendenza, parlassero anche della sua anima intatta, dell'amore che avrebbe provato fino all'ultimo momento – di qualcosa che nessuna foto sarebbe mai riuscita a cogliere. Guardò la folla che stava salvando quel poco che le rimaneva della vita; con tutta la tenerezza che ancora aveva, accarezzò quelle teste e quelle mani che la sostenevano, e che la accarezzavano. Alzò gli occhi verso il cielo, verso le nuvole ammassate all'orizzonte, e fissò il sole che tramontava; distesa accanto all'antichissima foto dell'uomo che aveva visto crocefisso nella chiesa della sua infanzia, per la prima volta nella vita sentì che qualcosa, o qualcuno, stava guardando giù, verso quelle creature ferite e piene di speranza.

Prima di essere un uomo

Ai primi di settembre, la sua ragazza lo lasciò. Dopo la maturità, avevano passato qualche giorno a Jesolo – la prima vacanza senza genitori – ed erano stati bene: mare, sole, la sera in discoteca, la notte in camera da letto, e, quando pioveva, interminabili partite a briscola. Poi, lui era andato a Porto Tolle con i suoi e, per tutto il tempo in cui fu lì, ebbe la sensazione di essere nel posto sbagliato con le persone sbagliate. Lei, invece, era andata a trovare i parenti in Calabria, come faceva ogni anno, ma probabilmente doveva aver conosciuto qualcuno, perché già dopo poche settimane era diventato praticamente impossibile trovarla al telefono. Quando tornò a Padova, si incontrarono per ratificare la fine della loro relazione: mentre lei gli parlava evitando il suo sguardo, lui guardava il corteggiamento goffo e ostinato di un colombo a una colomba, a pochi metri dalla panchina dove erano seduti.

Passò i giorni successivi a vagare tra la segreteria dell'Università, gli uffici dell'anagrafe e la sua vecchia scuola. Voleva iscriversi a Ingegneria Meccanica, ma temeva di non esserne all'altezza; fu tentato da Biologia, dove si erano iscritti i suoi due migliori amici. Optò per Scienze Politiche. Alla fine di settembre era riuscito a completare tutte le formalità, e si trovava in uno stato di attesa indolente e un po' malinconica. Gli mancava la sua ragazza, e non aveva voglia di stare meglio. La mattina si svegliava tardi e dopo aver passato la giornata davanti alla televisione o leggendo la *Gazzetta dello sport*, si trovava in centro con alcuni amici. Insieme, passavano da un locale all'altro, bevendo birra e gin tonic. Fu durante una di quelle serate che venne fuori il discorso delle tedesche.

La prima volta che aveva sentito quella storia aveva poco più di quattordici anni – un'età in cui la curiosità sessuale è ingenua e onnivora. Da quello che si diceva, ad Abano, una località termale a una quindicina di chilometri da Padova, esisteva una particolare forma di turismo sessuale: donne *mature* provenienti dalla Germania (quindi ricche e insoddisfatte) erano disposte a pagare ragazzi italiani perché passassero una notte con loro. Sebbene nessuno di quelli che raccontavano questa storia potesse dire di aver scopato una donna tedesca, ricevendo, per di più, dei soldi per farlo, tutti potevano portare la testimonianza di ragazzi più grandi, o fratelli maggiori, i quali assicuravano che diversi loro amici guadagnavano stipendi da dirigenti andando ad Abano, o nelle discoteche limitrofe, due o tre volte la settimana.

Una sera, quando aveva circa diciassette anni, lui e un amico decisero di andare a verificare di persona. Per l'occasione scelse un paio di boxer rossi, che sua madre gli aveva regalato per Capodanno, e rubò un po' di dopobarba al fratello. Partirono in motorino intorno alle nove, ma quando mancavano cinque minuti ad Abano furono sorpresi da un temporale estivo che li costrinse a fermarsi in una specie di trattoria, in attesa che smettesse. Là, in una stanza piena di fumo, furono sfidati a briscola da due vecchi, che vinsero tutte le partite tranne una: durante quelle sfide, giocate in un silenzio irreale, i due comunicavano tramite un linguaggio dei segni inventato da loro – una speciale sequenza di tic che probabilmente avevano perfezionato nel corso degli anni. Alla fine, offrirono ai due ragazzi del vino rosso, che bevvero tutti insieme, aspettando che smettesse di piovere; ma poiché il temporale andò avanti per più di tre ore, uscirono dalla trattoria completamente sbronzi, e rinunciarono al progetto iniziale.

Dopo due anni, i nuovi amici raccontavano storie analoghe: le donne tedesche erano disposte a pagare anche trecentomila lire per farsi accompagnare a cena, e poi a letto, da un ragazzo italiano – non serviva neppure che avesse un bell'aspetto, purché fosse galante o focoso o, meglio, le due cose insieme: quelle donne sembravano avere una fame di tenerezza e sesso coltivata per anni. A letto, da quello che si diceva, erano instancabili, e perverse: si facevano pisciare in faccia, e volevano a tutti i costi leccare il buco del culo ai loro giovani amanti. A Porto Tolle, durante le sue vacanze, aveva visto molte turiste del nord Europa – culi enormi, gambe come tubi, visi pieni di rughe – e si chiedeva come sarebbe stato scoparsele: sarebbe riuscito a farselo venire duro? Le immaginava nude, ubriache, il rossetto sbavato sul viso, con le gambe spalancate su una figa enorme, mentre mugolavano in tedesco, distese su un letto enorme, in una lussuosa camera d'albergo, con le dita piene di anelli... un'inspiegabile, mostruosa lussuria, che attirava un aspetto sconosciuto del suo desiderio. Quanto avrebbero potuto pagarlo? Quando faceva l'amore con la sua ragazza, lui non si era mai sentito un granché: più metodico che appassionato, più gentile che selvaggio. Avrebbero apprezzato, le tedesche di Abano, o l'avrebbero cacciato dalla camera, chiedendo i soldi indietro, e un rimborso per il disturbo?

Alla fine, in cinque decisero di andare ad Abano con la Fiesta nera del papà di uno di loro. Lungo la strada, si fermarono al P1, una specie di balera con un enorme parcheggio e due piste parallele – una per la dance, l'altra per il liscio; dentro, però, c'erano solo vecchie coppie di italiani, che ballavano mazurche e polke con sguardi lascivi, e comitive di ventenni che, probabilmente, avevano avuto la loro stessa idea. Bevvero birra, e ripartirono. Radio Birikina trasmetteva *Madre dolcissima*, una nuova canzone di Zucchero.

Arrivati ad Abano, girarono un po': sembrava di essere in una località di mare, con le famiglie che mangiavano il gelato lungo i viali, i visi abbronzati, i pantaloni corti, le maglie di cotone sulle spalle. Nei tavolini all'aperto si vedevano delle coppie di tedeschi impegnati a bere boccali di birra da litro; accanto ai loro uomini enormi, le donne ridevano sguaiatamente, o stavano zitte, ascoltando i discorsi dei loro mariti. Erano quelle, le tedesche disposte a pagare?

Andarono a bere un whisky in un locale climatizzato, consigliato dal fratello di uno di loro. Una volta entrati, furono fatti scendere lungo una scaletta che portava a una sala buia e bassa. I tavoli erano disposti lungo le pareti laterali, come se fosse previsto che, prima o poi, a qualcuno venisse voglia di ballare; su ogni tavolo, c'era un telefono che, lo scoprirono dopo qualche tentativo, permetteva di comunicare con le altre persone della sala. In quel momento, però, c'erano solo uomini italiani sulla cinquantina. Il cameriere chiese se desideravano dello champagne; poiché per l'imbarazzo nessuno rispose, portò una bottiglia di Michel Loriot Blanc, che si scolarono in cinque minuti. Dopo mezz'ora, dal momento che non arrivava nessuna tedesca, e poiché iniziarono a ricevere telefonate sempre più maliziose dagli uomini della sala, dedussero che quello non era il locale giusto. Alla cassa, il gestore del locale – probabilmente un buttafuori in pensione – presentò uno scontrino da centocinquantamila lire; si rischiò la rissa, ma alla fine trovarono un accordo. Quando uscirono, lui si rese conto che la serata aveva preso una piega diversa da quello che si aspettava: nei visi dei suoi amici gli pareva di scorgere i segni di una frustrazione dolorosa e umiliante, di una rabbia nervosa in cerca di un pretesto per scaricarsi.

Provarono con una gelateria. Non c'era nessuno. Mangiarono un gelato a forma di spaghetti, che sembrava essere la specialità della casa. Ordinarono anche dei gin tonic, ma la cameriera disse, con un accento napoletano, che là non si servivano alcolici; si accontentarono di qualche bottiglietta di Schweppes. Poco dopo, entrarono tre suoi compagni di classe delle superiori, con i capelli pieni di gel; si salutarono imbarazzati, come quando ci si trova costretti a pisciare l'uno accanto all'altro, nei cessi degli autogrill.

Per chiudere la serata, scelsero una birreria, poco fuori il centro, e lì, finalmente, trovarono due donne sulla cinquantina, sole. Stavano bevendo qualcosa, e parlavano tra di loro, in tedesco. Si sedettero nel tavolo accanto. Il più intraprendente dei cinque provò a iniziare a chiacchierare, ma la sua conoscenza della lingua era troppo scarsa per andare oltre a generici saluti. Lui, intanto, le guardava, senza riuscire a togliersi l'impressione che la più vecchia delle due somigliasse a una zia che non vedeva da tempo; fin da quando era piccolo, era innamorato di una delle sue due figlie, ma non aveva mai preso in considerazione la possibilità di finire a letto con la madre. Quanto avrebbe dovuto chiedere? Avrebbe pisciato sul viso di sua zia? E avrebbe lasciato che la sua lingua gli leccasse il buco del culo? Le due donne erano gentili, ma sembravano un po' sorprese dal fatto che cinque ragazzi fossero così interessati a parlare con loro; e furono ancora più sorprese quando quei cinque ragazzi le seguirono fuori dalla birreria. Il parcheggio era quasi deserto. Una palma finta lampeggiava sopra l'entrata. Ogni tanto, sulla strada davanti, passava una macchina coi finestrini aperti; seduti su un Sì della Piaggio, una coppia di ragazzi, che potevano essere lui e la sua ragazza qualche mese prima, cantavano sottovoce una canzone di Baglioni. L'aria tiepida di quella lunga giornata di settembre era evaporata, e ora un venticello gelido si infilava sotto le magliette leggere dei ragazzi, e di quelle due donne.

Il più vecchio dei cinque – un pluriripetente con il viso butterato che non sapeva una parola di tedesco – iniziò a mimare il gesto di una scopata, indicando se stesso e la sosia della zia. Le tedesche dapprima non capirono, ma poi divennero improvvisamente serie. Continuando a guardarsi le spalle, si spostarono verso la parte esterna del parcheggio. Due dei ragazzi le seguirono. Le donne accelerarono il passo. Uno dei due aprì la cerniera dei pantaloni, e lo tirò fuori. «Tu succhiare!» gridava; l'altro, ridendo sempre più forte, prese una delle due tedesche per un braccio e cercò di baciarla in bocca. Lei gli diede uno schiaffo in faccia; lui le girò il braccio dietro la schiena, e con l'altra mano le tirò indietro la testa, per i capelli e iniziò a leccarle un orecchio; lei urlò; il ragazzo con il cazzo fuori cominciò a masturbarsi, ma era ubriaco, e non aveva alcuna erezione. Ormai era chiaro che le due donne non avrebbero mai pagato per portarseli a letto, e che non avrebbero fatto nulla, con loro, neanche se fossero state pagate: quella brutalità assomigliava all'ottusa insistenza di un colombo che cerca di saltare sulla schiena di una colomba che ha altro per la testa. Ma c'era anche qualcosa di lugubre, in quell'assalto scomposto: qualcosa di disperatamente impotente. L'estate stava finendo, e tra poco sarebbe iniziata l'Università; nel giro di qualche anno sarebbero diventati adulti. Eppure, in quella serata che stava tristemente scivolando verso l'autunno, a nessuno di quei ragazzi sembrava di essere mai stato giovane, come se gli anni migliori fossero stati rubati da qualcuno senza che loro se ne accorgessero.

Le due donne riuscirono a liberarsi e scapparono verso la strada. Il ragazzo provò a masturbarsi ancora per un po'; poi si sedette per terra, tenendosi la testa tra le mani. Sembrava confuso e stanco. Lui guardò l'orologio: non era ancora mezzanotte. Da solo, si incamminò verso Padova, a piedi. Dopo mezz'ora trovò la trattoria di due anni prima; entrò, e vide gli stessi vecchi che giocavano a carte, con il loro linguaggio segreto. Si sedette su una sedia piazzata davanti al bancone e ordinò un'acqua frizzante. La barista era sulla trentina, e aveva un seno enorme. Ogni tanto qualcuno le chiedeva un bacio; lei faceva un sorriso che doveva aver imparato tanti anni prima, e tornava a fare le sue cose.

Gli girava la testa. Avrebbe voluto chiamare la sua ex per sentire come stava, ma a quell'ora, se avesse risposto sua madre l'avrebbe preso per pazzo. Guardò quel bar – il suo squallore, e la sua sincerità – e si disse che le tedesche che scopavano pagando non erano mai esistite: oppure da qualche parte, ad Abano, era davvero possibile trovare delle cinquantenni che si avvicinavano a uno stallone italiano con un rotolo di banconote in mano, ma quello stallone non sarebbe mai stato lui: troppo giovane per essere un uomo, troppo vecchio per giocare ancora. *Bella età di merda*, pensò. Poi pagò l'acqua, salutò i vecchi, che non lo riconobbero, e a piedi, si avviò verso casa.

Centocinque

Sembrava fosse arrivato il suo compleanno. La casa si era riempita di persone, e tutti andavano a stringergli la mano, sorridendo. *Congratulazioni*, dicevano. Alcuni, gli sembrava di averli già visti; altri, specie quelli più giovani, gli erano sconosciuti. Con lo sguardo cercò la sua badante, e gli parve di riconoscerne il profilo davanti alla porta della cucina, ma la luce entrava dalle finestre con una forza abbagliante. Provò anche a chiamarla, ma nessuno lo sentì. Tornò allora a ciucciare una dulcamara, aspettando che venisse sera.

A cena, chiese alla badante, che gli stava soffiando sul brodo, cosa fosse successo, il pomeriggio, a casa sua: perché c'era così tanta gente.

«Parenti» rispose lei, prima di imboccarlo.

«Era di nuovo il mio compleanno?»

«No. Quelli, li festeggiate al ristorante. Questa mattina è nato un bambino. Da oggi, lei è diventato trisavolo».

Trisavolo. Prima o poi, sarebbe dovuto accadere.

«Sa anche di chi sia figlio, questo neonato?»

La donna scosse la testa: non era mai riuscita a capire l'albero genealogico che si estendeva sotto il vecchio che accudiva da più di vent'anni – o forse non le era mai interessato. Lui la guardò mentre soffiava sul cucchiaio. Quando era arrivata a casa sua, presentata da una lontana parente (sorella di qualche cognata di un suo nipote), aveva meno di cinquant'anni, ed era scappata dall'Ucraina dove, diceva, erano rimasti suo marito e due ragazzi: dall'Italia avrebbe mandato soldi per farli studiare, in modo che prima o poi trovassero il modo per andarsene anche loro. D'estate tornava a casa, dalla sua famiglia, e qualche volta faceva un salto anche a Natale; poi smise di partire, e non gli spiegò mai il perché: forse suo marito se n'era trovata un'altra, o era morto, e i ragazzi erano diventati adulti, e probabilmente si erano fatti una famiglia – magari in America, o in Australia – e così era rimasta là, in quella casa, a invecchiare con lui. Lo accudiva come una mamma, o una moglie molto vecchia. Ancora un po', e anche lei avrebbe avuto bisogno di una badante che l'aiutasse a mangiare, a mettersi a letto, a lavarsi.

Il vecchio, Paolo, aveva avuto tre figli: Francesco, Angelo e Corrado.

Francesco nacque quando lui aveva ventun anni; Angelo due anni dopo; Corrado arrivò tardivo, quando nessuno se l'aspettava. Il più vecchio aveva passato i suoi ultimi anni in un ospizio. Da là, ogni tanto gli scriveva delle lettere che la badante leggeva ad alta voce, in salotto, con il suo accento dell'est. *Caro papà...* Paolo sospettava che quando lei non riusciva a capire una parola, o una frase, se la inventasse; ma il senso di quelle lettere arrivava comunque, ed era un miscuglio di amarezza, di dolore, di risentimento. Non appena Francesco era diventato vedovo, i figli l'avevano mollato in ospizio; passava le giornate con vecchi rincoglioniti, e nessuno veniva mai a trovarlo. Probabilmente, se fosse stato un po' più coraggioso, e se l'avessero lasciato uscire ogni tanto, si sarebbe buttato sotto un treno: ma la vigilanza era ferrea, e in ogni caso non era mai stato tipo da grandi imprese. Un giorno Paolo lo invitò a casa sua; e quel figlio quasi ottantenne, dopo aver mandato lettere piene di tentennamenti per un mese, si fece accompagnare da un nipote che aveva già la patente, e che pretese una piccola mancia per il servizio.

Lo aveva fatto accomodare in salotto. Le pareti avevano ancora i quadri che aveva scelto sua moglie settanta anni prima; la credenza con le tazzine del servizio buono, i bicchieri di cristallo e i piattini omaggio dei ristoranti; alle finestre c'erano tende di pizzo e crinolina, grigie come novembre. Il suo primogenito si era seduto su una poltrona verde di velluto (la stessa sulla quale giocava a dadi con suo fratello Angelo, durante gli anni trenta) e non sapeva che dire: si masticava le labbra con una vecchia dentiera consumata, e guardava suo padre attraverso un paio di occhiali spessi come il fondo di una bottiglia. Quel ragazzo che giocava a dadi, era diventato vecchio, vecchissimo. Gli tremavano le mani. Faceva odore di borotalco, e di qualcosa in decomposizione. Aveva la testa piena di macchie nere e i capelli erano caduti. Sotto il collo, la pelle penzolava come la giogaia di un rettile. Quando tornò dal cesso, dove era rimasto mezz'ora, aveva i pantaloni sporchi sul davanti. Si salutarono stringendosi delicatamente le mani, come se avessero paura di rompere qualcosa. Sarebbe stata l'ultima volta che si sarebbero visti, entrambi lo sapevano, ma non si dissero nulla, perché non avevano più nulla da dirsi. Paolo passò tutta la notte a pensare ai figli quando erano piccoli; a sua moglie quando era giovane, e viva – la voce, le mani forti, gli occhi azzurri; e poi, verso mattina, a suo padre che lo faceva saltare sulle gambe, e a sua mamma che lo abbracciava, sorridente, in cucina, con una gonna larga, il grembiule bianco, i capelli raccolti... Erano nati quasi un secolo e mezzo prima, i suoi genitori: cosa avrebbero detto vedendo il mondo che ora lo circondava?

Un giorno la badante gli disse che Francesco era morto, in ospizio, di notte, nel sonno. Aveva 81 anni. Lui si sentì confuso, gli sembrava impossibile che un padre potesse vedere suo figlio morire di vecchiaia.

Il secondogenito aveva avuto un ictus durante un pranzo pasquale, e ormai da una decina di anni non riusciva a parlare: emetteva dei grugniti, sbattendo sul tavolo il pugno dell'unico braccio che poteva ancora muovere, incazzato perché nessuno lo capiva. Era diventato così grasso che non era più possibile portarlo fuori di casa. Un giorno, Paolo dettò alla badante una lettera con la quale gli chiedeva come stava, ma non ebbe nessuna risposta. Ogni tanto provava a pensare alla faccia che poteva avere: gli veniva in mente solo quella sorridente di quando aveva dodici, tredici anni, e giocava in giardino con i suoi amici; e non ricordava se ora era ancora sposato, se era diventato vedovo, o se aveva divorziato senza dirgli niente. Angelo aveva dei figli – tre o quattro – che gli pareva di aver riconosciuto quando aveva compiuto cento anni – facce da falliti, da gente che rubava, o che picchiava le mogli; e quei figli falliti a loro volta avevano fatto altri figli, cioè i suoi bisnipoti, che invece sembravano in gamba: e forse, era stato uno di loro a renderlo trisavolo.

Il terzo, invece, stava bene. Gli pagava la badante, e si assicurava che non ci fossero problemi. Ogni tanto passava a trovarlo, abbronzato, ben vestito, profumato, e gli portava dei dolcetti che lui divorava in tre giorni, e poi gli raccontava qualche storia sui figli che aveva avuto, o di quando era piccolo, e suo padre li portava su un cavalluccio che c'era in piazza, e poi comprava caramelle per tutti. Paolo sorrideva, perché gli pareva di ricordare qualcosa di simile – quando lui era ancora giovane, e forte... Man mano che invecchiava, amava sempre di più stare con quel ragazzo: da piccolo, sembrava il meno promettente dei tre – magrolino, timido, impacciato – e invece alla fine era quello che gli era riuscito meglio. Aveva una bella famiglia, e aveva avuto un bel lavoro. Quando erano ancora giovani, Paolo e sua moglie ricevevano le cartoline che quel ragazzo mandava da ogni parte del mondo... Ma era a lui che gli era morto un figlio di cancro? Un tumore al cervello se l'era portato via in due o tre mesi, e non aveva ancora sessant'anni... No, era troppo vecchio per essere figlio del terzo: forse, era del primo, uno di quelli che l'avevano mollato all'ospizio. E se continuava a pensarci, gli veniva in mente che alla moglie di un nipote gli avevano tolto una tetta e dopo, forse, era anche morta; e gli pareva che anche il marito di una sua nipote che faceva l'insegnante, fosse morto nel giro di qualche mese, lasciando tre orfanelli. Come si chiamava? Quando era successo? Le notizie tragiche gli arrivano a frammenti, confuse. A volte gli sembrava che il cancro avrebbe portato via tutti. Tutti tranne lui. Una volta gli era venuto qualcosa a un rene – una massa scura che sembrava un tumore –, ma non era cambiato niente: come diceva la badante, non c'era trippa per gatti, in quel corpo secco. Cosa avrebbe dovuto fare, allora, per morire? Pareva che Dio avesse deciso di punirlo facendolo assistere alla morte di tutti i suoi discendenti; oppure che si fosse dimenticato di lui. Ma Dio, esisteva davvero? Non ricordava a quale conclusione era arrivato l'ultima volta che ci aveva pensato: c'era, ma non era quello che insegnavano a catechismo, o non c'era, ma era meglio far finta che ci fosse? Il rosario di sua moglie, quello fluorescente, con la medaglietta della Madonna nel mezzo, e il piccolo Cristo brunito che penzolava sotto, continuava a sparire, a ricomparire e a sparire di nuovo: la badante, che era ortodossa, e continuava a baciare un quadretto di San Giorgio, diceva di non saperne niente. Ma se per caso riusciva a trovarlo in primavera, allora se lo metteva in tasca e aspettava che fosse maggio; e quando finalmente arrivava maggio, provava a recitare il rosario, di sera, dopo cena, ma ogni volta veniva preso da una stanchezza infinita, già dopo la prima decina di Ave Maria, e si addormentava sulla poltrona, con la bocca aperta, la saliva che gli colava sul bavaglio, la testa di Gesù che gli scivolava tra l'indice e il pollice della mano sinistra.

Tutti gli anni, a luglio, il suo albero genealogico si radunava in qualche ristorante per festeggiare il suo compleanno. Lui arrivava sempre più gobbo, sempre più piccolo, sempre più cieco, più sordo, più insensibile al mondo. Sopra il tavolo gli facevano trovare una torta enorme, e sopra c'era scritto qualcosa che lui non riusciva a leggere; e ogni volta gli mettevano un cucchiaio di torta in bocca, e lo fotografavano, per ricordo: ridevano tutti, di fronte a quel vecchio che mangiava. Poi gli auguravano *cento di questi giorni*, e ancora ridevano, come se fosse qualcosa di divertente: come se lui non capisse. Ma intanto erano gli altri a morire; lui si presentava puntuale a ogni compleanno, e tutti si stupivano di come potesse essere ancora vivo. Pesava meno di quaranta chili, non riusciva più ad alzare le braccia, a mettersi in piedi, a dire una frase intera senza rischiare di perdere il respiro: ma non moriva mai, nonostante fosse l'ultima cosa che gli restava da fare – l'unica che ancora volesse.

E intanto, di compleanno in compleanno, invecchiavano tutti – tutti si ingobbivano, si imbiancavano, si ammalavano, e prendevano pastiglie per la pressione, per la prostata, per il diabete, e quelli che quando lui aveva settant'anni erano all'apice della loro vita, e arrivavano ai compleanni con le camicie aperte sul davanti, i capelli tirati indietro, i sorrisi smaglianti, e presentavano al nonno le nuove fidanzate, la nuova macchina, i bambini appena nati, e sembrava che dovessero raggiungere chissà quali traguardi, ora avevano settant'anni, e non avevano ancora combinato nulla; avevano anche loro dei figli – i piccoli presentavano al bisnonno le nuove fidanzate, la nuova macchina, o bambini appena nati, e quelli più grandi, con le nuore e i nipoti, già iniziavano a festeggiare i compleanni dei loro genitori con un pizzico di apprensione, come se potessero essere gli ultimi. Lui, seduto su una sedia, con un cuscino che qualcuno gli aveva piazzato sotto il culo perché potesse vedere oltre il tavolo, guardava quella gente, e si chiedeva fino a quando sarebbe dovuto durare.

Poi, quando la festa finiva – quando tutti avevano ballato, bevuto, brindato – Corrado dava disposizioni affinché lo riportassero a casa: qualcuno lo aiutava a salire su una macchina gigantesca (lui aveva comprato una Cinquecento a sessant'anni, dopo aver venduto la Lambretta che aveva comprato a quaranta), un altro lo faceva girare per mezza provincia (che ogni anno era più diversa dal ricordo pieno di alberi e piante che aveva), e un altro ancora lo prendeva in braccio, come se fosse un bambino, o un gatto, e lo portava su per le scale per restituirlo alla badante, che lo aspettava sulla porta. Prima di andarsene, i parenti bevevano un bicchiere di aranciata; uscendo gli dicevano sempre *Al prossimo anno!* Lui muoveva la sua manina tutt'ossa per salutarli, come un burattino di legno.

Quella sera, dopo la festa per i centocinque anni, la badante l'aveva appoggiato su una poltrona piazzata davanti a una finestra aperta, gli aveva messo una coperta sulle gambe e un berretto in testa, gli aveva dato una dulcamara da succhiare e l'aveva lasciato là, in pace, a guardare il cielo che diventava arancione, le rondini che volavano dai fili della luce verso i nidi nascosti sotto i tetti, qualche nuvola che si spostava lentamente da una parte all'altra della città; quando il sole era tramontato, gli aveva portato un brodo caldo, e l'aveva imboccato: con una mano gli puliva la bocca, con l'altra gli carezzava la testa.

Alle dieci, era ora di andare a dormire: il letto con le lenzuola fresche, il bicchiere d'acqua sul comodino, la Madonna sopra la testiera, il pigiama di flanella piegato, e un odore di pulito che veniva da ogni cosa. Con una grazia materna lei lo preparò per la notte; e quando finalmente lui fu sotto le lenzuola – il profilo secco del suo corpo sembrava lo scheletro di un animale preistorico sotto una coltre sottile di polvere: la testolina stava appoggiata sul cuscino come un sasso levigato, e lasciato là, da un fiume – lei gli carezzò il viso con dolcezza, e lo baciò sulla fronte con labbra che sapevano di latte caldo, e gli ripeté sottovoce *buon compleanno, Paolo,* e continuò così, fino a che non lo vide chiudere gli occhi: lui la sentì uscire dalla camera con un fruscio, come se fosse fatta di stoffa.

Dalla strada arrivavano i rumori sommessi della città – motorini, musica, voci di mamme che chiamano i bambini. Ogni tanto apriva gli occhi, e vedeva la camera immersa nel buio, e allora ricordava quando da bambino dormiva in un lettone con i suoi due fratelli, e sentiva che c'era qualcuno, o qualcosa, sotto il letto – un mostro silenzioso, il cui unico divertimento consisteva nello spaventare i piccoli: solo un pochino, giusto per ridere. E quando richiuse gli occhi – il brivido della sua infanzia ancora gli correva lungo la schiena –, vide la scena che ogni notte gli scivolava davanti: suo papà lo metteva seduto sulle sue gambe e lo faceva saltare, come fosse su un cavalluccio, e intanto sorrideva, e canticchiava una filastrocca che nessuno conosceva più. Quando era successo? In quale tempo, in quale mondo? Dov'erano finite quelle voci, cosa le aveva inghiottite? Cosa ci faceva lui, ancora qua, sempre più piccolo, e sempre più solo? Ogni sera suo padre gli asciugava le lacrime, e lo stringeva a sé, e gli diceva di non aver paura; allora lui si addormentava, e gli pareva di sentire l'odore della sua camicia, dei suoi capelli, delle sue mani che lo accarezzavano. Ma quella notte, la sera del suo centocinquesimo compleanno, il papà lo fece scendere dalle ginocchia, e con una mano appoggiata sulla schiena lo accompagnò dolcemente verso la cucina, e gli sussurrò *vai*: e là, nella stanza piena di luce, c'era la mamma, bianca, buona, con i capelli raccolti, che lo aspettava a braccia aperte, e gli diceva, con il sorriso che lui non aveva mai dimenticato, *vieni, piccolo mio, vieni: non sei più solo,* e lui le corse incontro, fino a che non sentì il suo viso sprofondare nel calore del suo ventre.

Braci

Quando il suo capo gli chiese se aveva voglia di portare in giro per Padova il collega venuto da Milano, avrebbe voluto dire di no – erano un po' di giorni che sua moglie si sentiva giù, e avrebbe voluto essere a casa per cena, per farle compagnia – ma come aveva imparato al Liceo, una trentina d'anni prima, *ubi maior, minor cessat.* Chiamò a casa, per avvertire che avrebbe fatto tardi; rispose suo figlio che, con la voce imbronciata tipica dei quindicenni, gli assicurò che avrebbe riferito il messaggio alla mamma, quando sarebbe rientrata. Gli chiese se sapeva dove fosse andata; lui rispose che non ne aveva la minima idea. Si salutarono. Anche se le conversazioni con quel ragazzo troppo alto per la sua età stavano diventando sempre più brevi, e per certi versi più ruvide, non veniva mai a mancare un profondo rispetto reciproco.

Alle otto di sera, il collega che avrebbe dovuto portare in giro per Padova era ancora impegnato in riunione, in una saletta poco distante dalla sua postazione; ne sentiva la voce, bassa e allo stesso tempo potente, che sovrastava quella di tutti gli altri partecipanti. Mentre aspettava, sistemò le note di meeting di un incontro al quale aveva partecipato qualche giorno prima; poi, cercò di organizzare la posta in arrivo di Outlook, ma i tentativi di trovare un criterio soddisfacente (per nome? per gruppo di lavoro? per argomento?) andarono tutti a vuoto. Attraverso i vetri scuri dell'ufficio, si vedeva il sole arancione che stava tramontando dietro la zona industriale, e l'enorme insegna luminosa che il centro commerciale, disteso dall'altra parte della strada, aveva appena acceso. Oltre alle voci della riunione, sempre più concitate, si sentiva il brusio lontano e incessante delle macchine che tornavano a casa, e, più vicino, il brontolio imbarazzante del suo stomaco: non era abituato ad aspettare tanto, per cenare.

Poco dopo, la riunione terminò. Lui propose al collega di andare in un ristorante dove si potevano assaggiare degli ottimi piatti padovani, in un ambiente confortevole. Approfittando di un'aria particolarmente mite, decisero di andare a piedi; durante il tragitto, parlarono soprattutto di lavoro. Nonostante il collega fosse di Milano e lui di Padova, avevano comunque avuto diverse occasioni per lavorare insieme. Una quindicina di anni prima, succedeva spesso che lui dovesse andare a Milano, nella sede centrale dell'azienda per la quale lavorava, a risolvere problemi che richiedevano la sua competenza; là, il collega milanese, che allora era ancora un giovanotto pieno di buona volontà, si era sempre dimostrato molto gentile e disponibile. Con il passare degli anni, il collega aveva scalato diversi gradini nella gerarchia aziendale, dimostrando una capacità innata per le relazioni, e per la gestione dei clienti; lui, invece, in modo tanto impercettibile quanto inesorabile, si era fermato; e in un'azienda come la loro, questo significava perdere, pian piano, gran parte del prestigio. Ora, anche se formalmente ricopriva una posizione superiore, gli era chiaro che il rapporto tra lui e il collega si era in qualche modo capovolto: quel trentacinquenne, che gli camminava accanto con un fisico vigoroso e veloce, i capelli ricci e folti, un sorriso sornione – l'astro nascente della società –, adesso era, tra i due, quello che prendeva le decisioni. C'erano dei momenti – dei giorni, o dei mesi interi – in cui avrebbe voluto tornare ad essere il combattente di un tempo, per dimostrare che era ancora in grado di dare un contributo all'altezza del suo passato; ma c'era sempre stato qualcosa che aveva reso difficile l'attuazione dei suoi piani: suo figlio che si era lussato un ginocchio, e doveva essere accompagnato ogni giorno in ospedale per la fisioterapia, sua moglie che aveva deciso di seguire un corso di costellazioni familiari e sistemiche, suo padre che si era ammalato di cancro, e che poi era morto, lasciando una vedova bisognosa di tutto. E quando le cose sembravano andare bene, allora arrivava una specie di stanchezza a rallentare il corso della sua vita.

«Giuro che qui c'era un ristorante».

«Dici?»

«La via è questa. Guarda, si vede ancora il profilo dell'insegna: 'Trattoria al Sole'. Ho festeggiato qui i miei diciotto anni».

«Giusto l'anno scorso».

«Ma ho mangiato altre volte, qua! Ho portato anche il tuo capo, una sera. Come si chiama, Marinis?»

«De Marinis? È morto tre anni fa. Si è schiantato con la sua BMW in A4, addosso a un TIR».

«Cristo, non lo sapevo. Era sposato, se non sbaglio».

«Separato. Due bambini. Ma la moglie si era già rifatta una famiglia. So che con l'assicurazione ha comprato una specie di castello in Brianza».

«Ci sono castelli, in Brianza?»

«Due o tre. Roba recente, ovviamente. Ma ho visto le foto su un depliant: ti assicuro che fanno comunque la loro figura. Hai altre idee, per mangiare? Magari un posto dove hai festeggiato, che ne so, i tuoi quarantacinque anni, o le tue nozze d'argento... e dove, possibilmente, non hai mangiato anche con De Marinis», con le dita fece il gesto delle corna, che poi appoggiò, con un gesto teatrale, sulla patta.

Provò a pensare cosa ci fosse da quelle parti. Lì vicino, c'era il ristorante macrobiotico dove ogni tanto sua moglie trascinava lui e il loro figlio, a pranzo, il sabato, ma non gli sembrò un posto adatto – troppo alternativo, per due colleghi in giacca e cravatta. Da quanto tempo non mangiava al ristorante brasiliano, vicino al Toscanelli? Esisteva ancora?

Il collega, forse intuendo la sua difficoltà, gli buttò un braccio attorno alle spalle: «Senti, non è obbligatorio un ristorante. Andiamo a berci una birra. Ci mangiamo un panino. C'è una birreria, da queste parti? Magari troviamo anche un po' di bella gente, un po' di gnocca», e gli strizzò l'occhio, tenendo il viso a mezzo metro dal suo. Lui sorrise un po' imbarazzato – gli sarebbe piaciuto dire che ne conosceva decine, di locali così, ma l'unico posto che gli venne in mente fu una birreria in stile danese, dove le cameriere servivano da bere tenendo una specie di elmo con le corna in testa. Se c'era gnocca, l'avrebbero scoperto insieme, una volta entrati.

Non c'era gnocca. Davanti a una televisione che trasmetteva una partita amichevole della Juventus, c'erano quattro ragazzi dell'età di suo figlio, tutti maschi, che tenevano in mano un bicchiere da mezzo litro; appollaiati a un tavolino vicino all'ingresso, una coppia sudatissima discuteva di un problema incomprensibile – usucapione, servitù prediali, confini. La cameriera non portava l'elmo – troppo caldo, disse per scusarsi, e l'aria condizionata era rotta.

«Una birra. Il frigo funziona ancora?»

La cameriera fece un sorriso storto. «Certo, che funziona».

«Allora portane una ghiacciata. Patatine fritte. Olive ascolane. Salsa rosa».

«Lei?» – l'ultima volta che aveva bevuto qualcosa in quel locale, gli davano ancora del tu.

«Una birra anche per me. Rossa. Fate panini?»

«Le porto la lista».

La cameriera si allontanò lentamente. Il collega si avvicinò a lui, e sottovoce gli disse: «Posto assurdo, questo. Senza aria condizionata, in maggio. Non dovrebbero neanche tenere aperto. Ci vieni spesso, qua?»

«Spesso no... Ci venivo qualche anno fa. Non esco molto, recentemente».

«Troppo lavoro?»

«Lavoro? No, non direi. Cioè, lavoro molto, certo. Ma la sera, di solito, faccio orari decenti».

«Allora passi le serate a casa a...», e con la mano fece il gesto universale dello stantuffo.

Lui abbozzò un sorriso, che però gli riuscì male: «Mi sto impigrendo, lo ammetto. Quando mio figlio era piccolo, dopo cena non si poteva uscire, perché doveva andare a dormire presto. Poi, con il tempo, abbiamo finito per perdere l'abitudine. O l'interesse. Facciamo altre cose».

«Tipo?», di nuovo fece il gesto dello stantuffo, e ammiccò due volte con le sopracciglia. Quella conversazione somigliava a un incontro di judo in miniatura: lui aveva perso l'equilibrio proprio nella fase iniziale, e ora cercava di rimettersi dritto, mentre il suo avversario, forte della sua posizione, continuava a fargli perdere la presa da terra.

«Anche, certo. Oppure si legge un libro. Si guarda un film. Cose di questo tipo. Tu? Sei sempre il cane sciolto che eri a Milano?»

Il collega sorrise. Arrivò la cameriera, che nel frattempo si era messa l'elmo, e lasciò la lista sul tavolino. Lui, dopo aver sfogliato qualche pagina, provò ad allontanarla dal viso; poi, rassegnato, cercò nella tasca della giacca un paio di occhiali.

«Presbite?»

«È che le scritte sono sempre più piccole... Perché ai panini danno sempre questi nomi assurdi? Bucaniere. Puzzone. Aristotele. Non c'è nessun criterio. Dovrebbe essere come con le vie – hai presente? La zona dei pittori, quella delle battaglie della prima guerra mondiale, quella delle città... Comunque prendo il Sandokan. Brie, funghi, speck».

«Sandokan? Cosa c'entra Sandokan con lo speck e i funghi?»

«Anch'io mi sarei aspettato un nome tipo *tirolese*. Ma dimmi di te: come vivi a Milano?»

«A Milano? Non ci sto quasi mai. Sono sempre in giro, da clienti. La settimana scorsa ero a Genova, in un'azienda che vende tonno. Bella città, Genova. Tanta vita. La prossima vado a Roma, in una casa editrice. A casa, ci rimango solo i fine settimana e, a dire il vero, tante volte neanche quelli», ammiccò di nuovo.

Lui provò a tornare a parlare di lavoro – provava un certo disagio nel confrontare gli aspetti privati delle loro vite – un disagio superiore a quello che sentiva quando, invece, si paragonavano le loro carriere: «Ci sono tanti progetti nuovi?»

«Sì, sì. Alla faccia della crisi. Non ho mai lavorato tanto come in questo periodo. Mi sto facendo un culo così. A te, come va?»

«Be', lo sai, io ormai sono fisso dal cliente, a tempo pieno, tutti i giorni, per i prossimi vent'anni. Fino alla pensione, insomma. Ho la mia scrivania. Seguo una procedura che praticamente conosco solo io...»

«Bene, quindi. Lavoro sicuro».

«Sicuro, sì. Forse un po' troppo. Non sono previste evoluzioni a breve. Io faccio parte della procedura – sono, a tutti gli effetti, uno dei suoi ingranaggi. Quando sono in ferie, incrociano le dita, sperando che non succedano problemi, perché non saprebbero che fare; ma in effetti, non succede mai niente, e inizio a sospettare che mi tengano per una questione di scaramanzia. Nessuno ha il coraggio di dire che non hanno più bisogno di me: se il giorno dopo succedesse qualche disastro, qualcuno perderebbe il posto. La solita *paraculaggine*, hai presente? Così durante il giorno mi rimane un sacco di tempo libero. E invece che stare con le mani in mano, seguo altre piccole cose, piccoli progetti – do una mano ai colleghi, sistemo documentazione, propongo delle migliorie – ma se penso a come era dieci, quindici anni fa, be', devo dire che le cose sono molto cambiate. Non sono più in prima linea».

«Si va a periodi. Oggi, in riunione, da te, si parlava di un nuovo progetto, che se parte è il più grosso da cinque anni a questa parte. Se vuoi, posso chiedere di tirare dentro anche te. Sarebbe una buona occasione per schiodarti, no?»

Perché nessuno aveva pensato di invitare anche lui, a quell'incontro? Provò ad essere contento di quella possibilità che gli veniva offerta: «Sarebbe bello, certo...»

«Non sembri convinto. Hai davvero voglia di sbatterti ancora, come facevi quando ti ho conosciuto?»

«Sì. Se servisse, sì. Ci sono giorni in cui le ore non passano mai. Un po' di adrenalina, ogni tanto, mi farebbe bene».

La cameriera tornò a prendere le ordinazioni. La coppia sudatissima vicino all'ingresso finì di bere, salutò con due grugniti, e se ne andò. La Juve segnò un gol, ma venne annullato per fuorigioco; i ragazzi, che dapprima avevano esultato con un'esplosione di grida, rovesciarono sull'arbitro un'interminabile sequenza di insulti. Assomigliava a loro, suo figlio? Da qualche mese, la sera, aveva preso l'abitudine di uscire. Tornava presto, e non dava l'impressione di essere un ragazzo capace di fare sciocchezze, ma lui e sua moglie non riuscivano ad addormentarsi fino a che non sentivano il rumore delle chiavi; fino a che non vedevano la luce del corridoio illuminare il pavimento della loro camera da letto, dove, l'uno accanto all'altra, aspettavano in silenzio. C'erano colleghi terrorizzati per i loro figli. Droga e incidenti stradali erano le cose che spaventavano di più; e le madri che avevano figlie femmine, non riuscivano a non pensare anche ai rischi di una gravidanza indesiderata. Ma suo figlio, al di là di una certa scontrosità, sembrava un ragazzo tranquillo; aveva amici per bene, studiava, non avanzava richieste assurde. Raramente alzava la voce – mentre lui sapeva che i figli di alcuni suoi colleghi erano arrivati a minacciare di morte i loro genitori. Un ragazzo insolitamente ragionevole. Merito dell'educazione che gli era stata impartita fin da quando era piccolo, diceva sua moglie piena di orgoglio.

Con una manciata di patatine in bocca, il collega riprese a parlare: «Quindi ora hai la tua scrivania...»

«Piccole soddisfazioni».

«Sono anni che non ne ho una. Che non ho una scrivania. È la dura vita del consulente, no? Se ci pensi – e in effetti ogni tanto io ci penso – è uno strano lavoro, il nostro. Metà del tempo in macchina, l'altra metà da un cliente che a malapena conosci. Alle riunioni, c'è sempre gente nuova. Non c'è mai il tempo di annoiarsi».

«È tanto che non giro».

«Girare fa bene. Ti costringe a mantenere i riflessi lucidi. Non puoi sederti, e questo *è bene*. La testa rimane in esercizio. Stare fermi *è male*. Hai presente gli animali dello zoo? Qualche mese fa sono andato a uno zoo, in Slovenia, con un'amica. C'erano anche i leoni. Un leone e una leonessa. Erano dentro a una specie di cortile – non era una gabbia, ma non era neanche una finta savana. Un cortile, era un cortile come quelli delle case in città. L'unica differenza era che c'era una rete che faceva da soffitto, alta poco più di un metro: penso che servisse ad impedire loro di saltare – ma anche se avessero scavalcato la recinzione, cosa avrebbero fatto? Credo che non si ricordino neanche come si fa, a mangiare un animale *vivo*. Erano grassi. Erano spelacchiati. Avevano gli occhi morti...»

«Stare fermi, però, ha anche i suoi vantaggi».

«Sì? Tipo?»

«Puoi creare legami con i colleghi. Io mi ricordo com'era, quando giravo. Si andava a prendere il caffè alle macchinette, e c'era sempre un sacco di gente che non conoscevi. Scherzavano tra di loro, parlavano tra di loro, e a me pareva di essere dietro a un vetro. Era terribile. Mi ricordo che da un cliente c'era una bacheca con gli annunci dei dipendenti: uno vendeva un camper, un altro chiedeva aiuto per una missione in Africa. Condividevano qualcosa. Una volta, ho letto che raccoglievano soldi per la vedova di un loro collega. Se io fossi morto là, mi avrebbero messo dentro una scatola e avrebbero recapitato il mio corpo in azienda da noi, a Milano, con un bell'adesivo sopra: materiale deperibile. La nostra receptionist, Silvana – c'è ancora, Silvana? è ancora strabica come dieci anni fa? o è morta anche lei con Marinis? – avrebbe indicato il ripostiglio. Mettetelo là, insieme agli altri. Ti fa ridere, eh?»

«Sì, rido perché è proprio così! Ma è *De* Marinis, non Marinis. Ci teneva a quel De. Lo faceva sentire un po' nobile. Luigi. Si chiamava Luigi. Pensa che una volta mi ha mandato a tenere un corso di un prodotto che non conoscevo. Succedeva spesso, una volta, che mi mandassero a tenere questi cazzo di corsi di cui non sapevamo niente neanche noi. Succede ancora, certo, ma non a me, voglio dire. In ogni caso, sono arrivato dal cliente, mattina presto, giacca e cravatta, e ho scoperto che questo corso lo seguiva solo una persona: una donna che aveva perso da poco il marito. Si è presentata vestita come una vedova sarda – hai presente? Scarpe nere, calze nere, gonna nera, giacca nera. Le mancava solo il fazzoletto in testa. Non era vecchia, anzi. E se fosse stata vestita come una persona normale, sarebbe stata anche gnocca. Be', questo corso è durato un giorno, ma mi è sembrato di aver passato là dentro una settimana. Non le interessava nulla di quello che dicevo – e d'altra parte, quello che le dicevo era talmente vago, talmente inutile, che tutto sommato, forse per me era meglio così. Ogni tanto iniziava a piangere – che cazzo le dovevo dire? La prima volta ho tirato fuori un fazzoletto e gliel'ho offerto; poi, non sapevo più cosa fare. Lei si scusava, si soffiava il naso, si infilava il fazzoletto nella manica, come faceva mia nonna cento anni fa, si sistemava un po', mi diceva di riprendere, e poi faceva finta di ascoltare. Stringeva la bocca così, come il culo di una gallina, per sembrare più concentrata, ma aveva le lacrime che gli tremolavano sulle palpebre. Ma sai qual è la cosa assurda? Che quando sono tornato in sede, il giorno dopo, e ho chiesto perché cazzo mi avessero fatto tenere quel corso, il mio capo, De Marinis, sì, il morto, mi ha detto che tutto questo era stato fatto per *consolarla*. Il cliente voleva tirare su quella povera donna, e ci hanno chiesto di organizzarle un bel corso. Con il sottoscritto. Bella idea, no?»

«Un gesto nobile, direi».

«*Nobile*? Quella ha perso un marito, e i suoi capi non trovano di meglio da fare che organizzarle un corso. Cos'è, il lavoro, per questa gente? Un anestetico? Una cura? Una supposta per curare il dolore?»

La birra rossa era più forte di quanto si ricordasse, o lui era diventato più vecchio di quanto credesse. Gli girava la testa, con una leggerezza inebriante.

«Sì», rispose.

«Sì cosa?»

«Sì, il lavoro è un anestetico».

«Eh?», il suo collega lo guardava con un misto di stupore e orrore.

«Un anestetico. Non ci avevo mai pensato, ma serve proprio a questo: a sopportare la vita».

Il collega gli sollevò il bicchiere mezzo vuoto: «Bevuto molto?»

«La paura della morte. Siamo pieni di questa fottutissima paura di morire. Basta fermarsi un attimo, ed ecco che inizi a chiederti: tra quarant'anni, dove sarò? Cosa sarò? Pensaci. Pensaci solo un attimo, e vedrai che ti sei già rovinato la giornata. Ma se lavori, il tuo orizzonte temporale si riduce – Cristo, se si riduce! Perché il tuo problema diventa: riuscirò a consegnare il documento entro sera? E poiché sai bene che quella sera sarai ancora vivo – Marinis escluso, ovviamente – sotto sotto ti convinci che lo sarai per sempre. O, come minimo, sai che sei riuscito a rimandare il problema di morire al giorno dopo: oggi, mi spiace, ma ci sono cose più urgenti da fare. È come se tutti fossero convinti che si tratti di una questione di concentrazione: se stai facendo qualcosa, la morte si dimentica di te. Sai che c'è una popolazione di non so quale isola del Pacifico che non conosce la parola 'no'? Dicono: *domani*. Ecco, finché si lavora, la morte è domani. La morte è no».

In quell'incontro di judo, ora, chi aveva perso l'equilibrio?

Il collega si rimise subito in piedi: «Stronzate. Il lavoro è mettersi in gioco, è superarsi, è una sfida continua. Per cosa pensi che la nostra azienda sia strutturata a quel modo? Tutta questa gerarchia, questa gerarchia *egizia*, con il faraone in cima, i sacerdoti, e gli schiavi sotto… sono dei geni, quelli che l'hanno pensata così. Questa organizzazione – pensaci bene – coglie il senso più profondo del lavoro. Credimi, coglie il suo scopo, il motivo esatto per cui ci facciamo il culo ogni giorno: salire. Per cosa credi che gli uomini sono andati sulla Luna? Dimmi se sai il nome del primo tizio che si è calato nella fossa delle Marianne. Non lo sai, ci scommetto la macchina che non lo sai. Non lo sa nessuno. È a solo undici chilometri dalla superficie del mare, ma a nessuno gliene frega un cazzo, di andare là sotto; e se a uno gli viene la voglia di andarci, rimane il perfetto sconosciuto che era prima di andare a infilarsi dentro al buco del culo della Terra, per chissà quale assurdo motivo. La gente guarda in alto, vuole andare in alto, e vuole vedere altra gente che va in alto. I nostri genitori hanno passato due giorni con il naso per aria, quando Armstrong e gli altri due sono volati lassù. E il lavoro è una scala perfetta».

In quel momento, arrivò la cameriera con l'elmo in testa, tenendo il Sandokan in mano. Il collega le appoggiò una mano sul braccio, e rivolgendosi a lei: «Scusa se te lo chiedo» chiese, «ma tu, cosa fai, oltre a fare la cameriera? Voglio dire: non sei tutto il giorno qua dentro, vero? Hai un altro lavoro, da un'altra parte, di giorno?»

La cameriera si sistemò le corna: «Studio».

«Ecco, vedi? Studia. Vuole salire pure lei», parlava come se la ragazza fosse un esperimento. Si rivolse di nuovo verso di lei: «Cosa studi?»

«Psicologia».

«Brava. Il mondo ha bisogno di psicologi. La tristezza è la malattia del nostro secolo».

«Posso andare?»

«Vai pure, certo».

Quando lei fu lontana, lui disse sottovoce: «L'hai messa in imbarazzo».

«Macché, era tutta orgogliosa di dire che studia. Non l'hai vista come sorrideva?», allungò il collo, guardando oltre la testa del suo collega: «Gol?»

Dalla zona tv arrivavano le grida dei ragazzi. Lui si girò per guardare.

«Rigore, per la Juve».

«Dimmi... anche quei calciatori giocano per non pensare alla morte?», e gli diede un colpo sul gomito.

«Vaffanculo. Così semplifichi troppo il mio pensiero. Però vaffanculo, la risposta è sì. È così. Novanta minuti. Loro hanno un orizzonte ancora più vicino del nostro. Guardali. Guarda come gridano, come temono la fine della partita – anche quelli che stanno vincendo. Dopo, dovranno tornare a vivere, e quindi a morire».

«Combattono la loro piccola guerra, e se la spassano, questa è la verità. Lorenz – hai presente Lorenz? quello dell'anello del re Salomone? – be', è stato accusato di essere un nazista perché diceva che gli uomini facevano la guerra per divertirsi. Secondo me aveva ragione. Hai mai visto le foto dei ragazzi che partivano per il fronte? Festeggiavano. Erano felici. Ci sono poche cose belle come quella follia piena di coraggio. Lasciavano le loro ragazze ad aspettarli a casa, e andavano a fare gli eroi da qualche parte. Si misuravano con le cose grandi della vita».

«La morte? Sarebbe questa la *cosa grande* della vita?»

«Il superamento della paura della morte – non la sua rimozione. Non evitavano il problema: lo affrontavano, di petto. Letteralmente. A casa rimanevano i vecchi, i bambini, i pazzi, quelli che non potevano partire. E i figli. Ascoltami: tu lavori da un cliente, e l'avrai notato – avrai notato cosa c'è sui desktop dei loro PC, dei PC dei dipendenti».

«Non l'ho notato. Cosa c'è, sui loro desktop?»

«Le foto dei figli. Puoi girare tutta l'Italia, da Bolzano a Palermo, e sui PC dei dipendenti troverai sempre delle fottutissime foto dei loro figli».

«C'è qualcosa di male?»

«No. Ne hai una anche tu. Quando sono entrato, stamattina, l'ho notata. A occhio, è un po' che non l'aggiorni» – il collega, invece, teneva come sfondo una foto di un'enorme tigre siberiana che camminava furtiva in mezzo alla neve – «E non c'è niente di male, nel mettere la foto dei figli sul desktop, ci mancherebbe. È bellissimo. È commovente. Ma mi impressiona questa regolarità a livello nazionale. È come se tutti i dipendenti obbedissero a una legge molto più ampia, molto più generale – un modo di stare al mondo. Nessuno mette la foto del proprio compagno, della moglie, o della morosa. Succede solo quando c'è un nuovo amore, magari inaspettato – tipo un cinquantenne che trova una gnocca proprio in zona Cesarini – o per i vedovi, quelli inconsolabili, che tirano su un mausoleo funebre sulla loro scrivania. Lo sai che poi la vedova me la sono», e con il gesto fece, ancora una volta, il gesto dello stantuffo. «Altro che corso... le servivano venti centimetri di osso, per tirarsi su».

«Te la sei trombata? Sei un mostro».

«Trombata, sì. L'ho chiamata qualche giorno dopo che ci eravamo visti, l'ho invitata fuori a cena, e dopo, in albergo, le ho dato qualcosa di più di quello che avevano progettato i suoi capi per lei. O forse era proprio quello che si aspettavano da me. Te l'ho detto che era gnocca, se non si metteva quei vestiti da sarda. Non ha pianto mai, quella sera. Ma cosa stavo dicendo?»

Lui rimase immobile per qualche secondo: era così che andavano le cose nel mondo, fuori dal suo ufficio? Uno conosce una vedova, e dopo qualche giorno se la porta a letto? Con quella facilità? Si scosse, come per togliersi una ragnatela di dosso: «Parlavi dei figli sul desktop».

«Giusto. I figli ci sono sempre. Chi non ha figli mette il cane, e se non ha il cane mette un gatto, e se non ha neppure un gatto, allora vanno a cercare la foto di un nipotino pieno di moccio che soffia su una torta con quattro candeline sopra. Le foto delle mogli e dei mariti, invece, non le mettono mai. Hai presente nei film di guerra, quando ci sono i soldati morti, con la faccia trasformata in una smorfia le braccia aperte come crocefissi al suolo, e poi vedi un tenente coi baffetti eleganti che cammina tra i cadaveri, e a un certo punto si abbassa su uno di loro, gli infila una mano nella tasca della giacca, e tira fuori le foto della fidanzata lasciata a casa? Assieme alla foto color seppia, c'è sempre una lettera d'amore mai spedita che il tenente legge alla truppa – *la casa dei nostri sogni... quando tornerò... i figli che avremo...* Vedi, c'è una differenza fondamentale: la truppa infognata nelle trincee era giovane, e combatteva, combatteva sul serio, capisci? Le ragazze a casa chiedevano eroi, perché pure loro avevano il furore dei ventenni. E questi analfabeti buttati in trincea avevano solo due sogni: tornare a casa vivi, o tornare a casa morti. Avrebbero avuto comunque buoni motivi per essere apprezzati – per sentirsi loro stessi degli eroi. Perché era qualcosa di *serio*. C'erano buoni motivi per lottare con i denti, centimetro per centimetro. E poi c'era il furore giovanile, la follia dei ragazzi, hai presente? Ti ricordi come eravamo noi quando avevamo quindici, vent'anni? O anche solo dieci anni fa?»

«Certo che mi ricordo... E io ora vado per i cinquanta. Facevo il liceo trent'anni fa. Tu, sei ancora del 1975? O tutto questo lavoro che hai adesso ha fatto invecchiare anche te?»

«Fino a che ho capelli in testa, mi sono detto, continuo a fingere di essere giovane. È una questione di principio. Dopo, da calvo, accetterò la realtà, per quello che è. Diventerò saggio, prima o poi. Magari avrò anche dei figli, e toglierò la tigre dal desktop e metterò le loro facce. *Io sposato...* Non suona bene. Ma anche tu eri diverso, un po' di tempo fa, no? L'avresti mai detto? Cambierò anch'io. Ma ti stavo parlando dei soldati, giusto? Sai che l'età media dei soldati nella prima guerra mondiale era di ventidue anni? Erano ragazzini. E sotto la pioggia di granate che i nemici gli rovesciavano addosso – anche quelli ragazzi come loro, ma dall'altra parte del campo – scoprivano il valore della vita, lo scoprivano sulla loro pelle, cazzo! I dipendenti, invece, sono condannati ad essere vecchi a qualsiasi età, perché l'unico sforzo che devono fare, l'unica battaglia che devono combattere, è arrivare fino a sera. E le foto dei figli sul desktop sono come quei santini che si mettevano sui cruscotti delle macchine, una volta: *sii prudente*, dicevano. Te li ricordi? Il punto è che Omero non avrebbe mai chiamato 'eroe' un uomo costretto a stare otto ore al giorno davanti a un computer. Mai. Ma se avesse raccontato la storia dalla parte di Telemaco, stai sicuro che avremmo assistito al baratto tra la gloria di Ulisse e la presenza a casa di un padre. È per i figli, che lavorano i dipendenti: non per la vita e la morte. Per il loro futuro, che tra l'altro sarà uguale a quello dei loro genitori, ma questa è un'altra tragedia dentro alla tragedia. Dallo sfondo dello schermo, le loro facce tutte uguali ripetono incessantemente: *sii paziente, papà, resisti, cavalca il tuo senso di responsabilità, e torna a casa ogni sera, sano e salvo, perché abbiamo bisogno di te; ricordati di noi*. Quale uomo potrebbe arrivare a sopportare di chiudersi quarant'anni consecutivi in un'azienda, se non un padre? Quale donna, se non una madre?»

La Juve, intanto, aveva segnato. I ragazzi si abbracciarono – una stretta virile, piena di forza. Eccoli là, i rappresentati del futuro per il quale lui stava lavorando: quello per il quale rinunciava a tutto il suo presente.

Continuarono a parlare ancora, lui e il suo collega. Ordinarono altre due birre, e poi altre due. Il tempo iniziò a dilatarsi, a perdere di consistenza. I discorsi erano sempre più sconnessi; il collega aveva una teoria per ogni cosa – per i rapporti tra uomini e donne, per i rapporti tra dirigenti e impiegati, per i rapporti tra padroni e cani. Sembrava che tutto potesse, o dovesse, ridursi a uno scontro di forze opposte, in cui doveva per forza esserci un vincitore. E lui, si sentiva sempre più stanco. Da quanti anni aveva smesso di essere uno che combatte? E che fine aveva fatto il furore di un tempo? La morte, ora, gli sembrava come un'evenienza con la quale, prima o poi, avrebbe dovuto fare i conti; e il lavoro, per quanto riuscisse a tenerlo impegnato, spostava solo di poco il problema. Dopo mezz'ora, i ragazzi uscirono festeggiando per la vittoria della Juve. Loro, invece, riuscirono a far sedere al loro tavolo la cameriera, che finalmente si tolse l'elmo e la traversina che teneva sul davanti, e che si dimostrò molto simpatica. Alla fine, si scambiarono i numeri di telefono – anche lui diede il suo, ma sapeva bene che in quella specie di commedia erotica, il suo ruolo era quello della spalla che dà sostegno alle avance dell'amico: la cameriera – ne era certo – avrebbe fatto la fine della vedova, stantuffata dal suo collega pieno di vita. Lui, invece, sarebbe tornato a casa da sua moglie e da suo figlio, che di sicuro stavano già dormendo.

Uscirono dal locale che era mezzanotte passata. Girarono un po' per Padova: l'alcol, al quale non era più abituato, gli fece perdere l'orientamento, e per cinque minuti si chiese dove erano finiti. Dopo un po', di colpo, si trovò di fronte a un vecchio palazzo di cinque piani, con un giardino straripante di vegetazione sul davanti; al centro, c'era una statua di Sant'Antonio dalla cui mano usciva un getto d'acqua. C'era già stato, là, una volta: era una sera d'estate. Il suo migliore amico aveva la casa libera, e l'aveva invitato a vedere un'amichevole alla televisione. Giocava la Juventus, anche allora, e lui aveva diciassette anni – due anni più di quanti ne aveva suo figlio adesso. Lui e il suo amico parlarono per tanto tempo, come forse non avevano mai fatto prima – di vacanze, di dischi, di amici – mentre fuori il cielo era sempre più buio, e nel salotto c'era sempre più caldo: il suo amico si tolse la maglietta, e poco dopo se la levò anche lui. Nell'aria c'era l'odore dello zampirone, di quelle spirali verdi che lentamente si facevano bruciare contro le zanzare – l'odore *esatto* dell'estate – e c'era un silenzio irreale, nella città vuota: nessuna macchina, nessuno che tornava a casa. Si distingueva a malapena la voce di una televisione accesa, qualche palazzo più in là, con la stessa partita in diretta. Nella penombra del salotto, se ne stavano a meno di un metro di distanza, in modo del tutto naturale (era molto tempo prima della birra, del vino, delle canne che avrebbero caratterizzato gli anni dell'Università); e la loro pelle liscia e tesa, i capelli ancora ribelli, il vigore dei corpi erano un dato di fatto, che riempiva la stanza di un'eccitazione vibrante e sinuosa. La Juve vinse tre a zero. Il caldo continuò ad aumentare – o così sembrava a loro; il suo amico si era tolto i pantaloncini, e sotto aveva un costume rosso – tornava dalla piscina, disse (e in quel chiaroscuro si poteva intuire che c'era qualcosa, dentro a quel costume); lui, era rimasto in mutande, un paio di boxer che gli aveva regalato la sua nuova fidanzata, una ragazzina di sedici anni che ogni tanto glielo prendeva in bocca perché, diceva, era tanto innamorata. Nessuno dei due aveva dubbi sui propri gusti sessuali: nessun dubbio neanche quando si trovarono in piedi l'uno di fronte all'altro, e lui sentì che l'odore *esatto* dell'estate non sarebbe stato più quello del fumo di uno zampirone, ma il profumo un po' acre della pelle del suo amico, che gli aveva appoggiato le mani sui fianchi con un misto di timidezza e sfrontatezza, e ora lo stava avvicinando a sé, e lo stava baciando in bocca, prepotente e dolcissimo allo stesso tempo. Il cuore e il corpo stavano giocando tra di loro, e il campo di battaglia era la giovinezza di quei corpi ancora intatti. Poco dopo, erano distesi a letto, nudi, uno accanto all'altro, avvolti nella fragranza dei loro anni – la luna proiettava un parallelogramma chiaro sul pavimento, con una luce piena di qualcosa che non assomigliava a nient'altro – senza dirsi nulla, travolti dal desiderio ingenuo, prorompente, selvatico di due corpi frementi che si erano appena affacciati al mondo degli adulti.

All'una, arrivarono davanti al cliente, dove avevano lasciato la macchina. Si salutarono dondolando – talmente ubriachi da non domandarsi neppure se aveva senso mettersi alla guida. Dopo dieci minuti, lui arrivò a casa: parcheggiò con prudenza, salì le scale, infilò la chiave nella toppa, lentamente, senza fare rumore, ed entrò. La lucetta della lavastoviglie lampeggiava nel buio della cucina, come uno spirito della casa che faceva la guardia; l'aria tiepida della primavera stava gonfiando le tende bianche del salotto. Si tolse le scarpe, e le mise nel ripostiglio, una accanto all'altra. Appese il soprabito all'attaccapanni, andò in cucina a bere un bicchiere d'acqua, si bagnò la faccia, e si spostò nella zona notte. La porta della camera di suo figlio era socchiusa. Sbirciò dentro: il ragazzo dormiva con la bocca aperta e le braccia incrociate, mansueto. Era *buono*, suo figlio, era ragionevole, era disponibile; e se qualche volta si arrabbiava, arrivava sempre a pentirsi, e quindi a scusarsi. Sua moglie era così contenta di lui... ma ora, all'una di notte, quella bontà si presentava come la sconfitta di una forza vitale, qualcosa di primordiale soffocato anno dopo anno con la forza bieca dell'educazione. Dov'era la follia dei suoi anni? Dove, l'ardore – dove la sua guerra? Un dipendente con i brufoli, pronto a prendere il posto di suo padre davanti al PC – e aveva appena quindici anni. C'entrava anche lui, nella realizzazione di quel banalissimo disastro: come avrebbe potuto combattere, suo figlio, se ciò che gli era stata insegnata era l'attitudine a perdere? Avrebbe voluto che si alzasse, che si mettesse a ballare, che lo prendesse a sberle – che commettesse una qualsiasi sciocchezza capace di farlo sembrare un animale ancora vivo.

Dalla camera da letto arrivava il respiro profondo di sua moglie. Percorse il corridoio senza riuscire nemmeno a sollevare i piedi; poi, barcollando, si spogliò e si infilò nudo sotto le lenzuola fresche. Dalla finestra socchiusa arrivava l'odore della primavera, come un ricordo lontano che gli stringeva il cuore. Che fine aveva fatto il suo corpo? Si prese il sesso in mano, e iniziò a masturbarsi: gli sembrava, in qualche modo, di scivolare verso il centro di se stesso. E dov'era finito il corpo del suo amico di quell'estate? Mesi prima, l'aveva trovato su Facebook: il viso era una palla enorme che riempiva tutta la foto del profilo, e anche se in mezzo alla faccia aveva ancora un bel sorriso, sopra era completamente pelato; negli occhi brillava qualcosa della forza di un tempo – ma era come la brace che si spegne nel camino, la sera, quando tutti sono andati a dormire. Intanto il sesso gli si era fatto duro, e grosso; nell'oscurità della camera, cercava di ritrovare a tentoni ciò che aveva avuto, e che non sentiva più da anni – un impeto affamato di vita, la voglia oscena di mordere il mondo, un desiderio che non fosse solo il ricordo di un desiderio più antico. All'improvviso la moglie, svegliata dal suo respiro veloce, si girò verso di lui: lo guardava con gli occhi aperti, senza capire, con la speranza che quello che vedeva fosse solo un sogno incomprensibile. Ma lui, nudo, grasso, pelato, con il sesso stretto tra le mani, esisteva in questo mondo, era vero – carne, ossa, respiro, vita – un enorme composto di carbonio disteso sul letto, aggrappato a qualche brandello di felicità, confuso, improvvisamente disperato, incapace di negare che tutto ciò che c'era stato dopo quella sera con il suo amico, e tutto ciò che ancora ci sarebbe stato, per i trenta o quarant'anni che gli restavano da vivere, non sarebbe stato nient'altro che l'epilogo della sua giovinezza.

La camera della vicina

Not really sure how to feel about it.

Rihanna era in vasca da bagno, nuda, immersa in un'acqua verde che rifletteva il viso imbronciato, e lei era distesa sul letto di camera sua, e la stava guardando su MTV, incuriosita dai tatuaggi – erano le tre del pomeriggio, poco prima che fosse troppo tardi per iniziare a studiare – quando qualcuno suonò il campanello.

«Chi va?» gridò sua madre dalla camera – aveva il vizio di andare a letto, dopo pranzo, per rilassarsi un po', diceva, ma ogni volta la si sentiva russare, e quando si alzava aveva dei solchi sulla faccia, i capelli schiacciati tutti su un lato, il rossetto sbavato; arrivava in cucina con una vestaglia orribile alla quale era affezionata per motivi che sfuggivano a tutti, e si metteva su un caffè con gli occhi chiusi, borbottando qualcosa. Da quando papà se n'era andato, da quando se ne era trovata un'altra, più giovane, era ingrassata, il culo si era espanso, e le era venuta la pancia – un globo tondo e teso proprio sotto le tette sempre più basse. Solo la vestaglia era rimasta uguale, troppo piccola, troppo stretta, perfetta per la donna che era stata. A dire il vero non era solo grassa: era anche sempre stanca, e portava in giro la faccia rancorosa delle mogli abbandonate. Di notte digrignava i denti. Di mattina, appena alzata, scaricava gli intestini con rumori difficili da ignorare. Non se la sarebbe presa più nessuno.

Sua madre, però, sotto sotto ci sperava ancora. Da qualche mese passava le serate davanti al computer, per ore. Il giorno dopo, lei guardava la cronologia e trovava un sacco di accessi a Facebook, e visite a Meetic e perfino un login a un sito di annunci matrimoniali: lo username memorizzato dal browser era DamaBlu. Ma era già vecchia per tutto questo: i suoi figli glielo dicevano, e lei non ci credeva, pensava che stessero scherzando. Poco tempo prima aveva voluto a tutti i costi uno smartphone – si era fatta convincere da un commesso di Mediaworld a prendere un Panasonic da quattrocento euro che ormai non valeva neanche la metà. Non lo sapeva usare, e imprecava continuamente perché quel cazzo di telefono faceva quel cazzo che voleva.

«Chi va?» ripeté più forte, con una voce che però si stava già rassegnando. Di nuovo lei fece finta di non sentire. Funzionava sempre. L'aveva imparato da suo fratello, questo trucco: prenderla per sfinimento. Gli adulti avevano quella responsabilità che non li mollava mai. Per cui alla fine andò sua madre, come era prevedibile, come era ormai naturale, in quella famiglia. Lei abbassò il volume della sua tv, per sentire chi era.

«Scusa se ti disturbo a quest'ora, ma...»

Era quella dell'appartamento accanto, una trentenne sempre tirata, sposata con un dottore. Si erano trasferiti là tre anni prima, giusto in tempo per sentire le furiose litigate dei suoi attraverso le sottili pareti condominiali.

«Ho avuto una chiamata imprevista, e devo assentarmi per un'ora. La piccola dorme ancora» – aveva una bambina di quattro anni, che d'inverno aveva sempre la tosse, e d'estate si ricopriva di puntini rossi per un'allergia al sudore (il *proprio* sudore: *si può essere più deficienti di così?* pensava lei) – «e non so come fare... Non è che tua figlia potrebbe farle compagnia fino a quando torno?»

Sua madre la chiamò: «Ehi, puoi venire qua un momento?»

Lei alzò il volume della tv.

«Ovviamente le do un compenso per il disturbo» aggiunse la donna.

«Dimmi, mamma, che c'è?»

La vicina la fece entrare a casa sua – era la prima volta. Camminava senza scarpe, forse per non fare rumore; sotto le calze nere si vedevano piedi lunghi, sottili, con le unghie colorate di scuro. Lei si guardò intorno. Arredamento molto moderno, uno stereo minimalista in salotto, i termosifoni alti due metri alle pareti, le porte bianche, il pavimento di legno scuro (*in tek*, le disse la vicina), una libreria zen in corridoio. Non c'era nulla che lei avesse visto all'Ikea. Le mostrò la cameretta della bambina, tutta buia; lei si affacciò alla porta e intravide la piccola su un letto in miniatura, circondata da orsacchiotti. Poi le fece vedere la cucina. In un frigo stile iPhone – bianco, essenziale, esclusivo –, tra carote e cavoli tagliati a fette e rinchiusi in sacchettini trasparenti, e un gambo di sedano lungo mezzo metro, immersa in quell'atmosfera vegana, c'era una fettina di torta macrobiotica: se la bambina si fosse svegliata, e avesse chiesto qualcosa da mangiare, poteva darle quella, disse. Lei annuì.

Le lasciò il numero di telefono su un bigliettino («Non si sa mai»), si mise un paio di scarpe Louboutin e un cappottino Prada stretto in vita, la salutò e se ne andò. Aveva un buon profumo – Calvin Klein o Dior? Sua madre era diventata inodore, come le donne che trovava in autobus, o le professoresse a scuola. Tra qualche anno sarebbe iniziata la naftalina. Mentre sentiva il rumore dei tacchi che si allontanavano giù per le scale, si guardò nello specchio dell'entrata; era alta un metro e sessantacinque, i capelli scuri e lisci. Si girò di lato, per guardarsi di profilo: le sue tette sarebbero cresciute ancora, o si sarebbero fermate alla seconda? La sera, prima di addormentarsi, pregava "fa' che diventi alta, fa' che diventi alta", ma non sapeva bene quale dio stesse implorando. Il poster di Justin Bieber sopra il letto era già vecchio, un ricordo d'infanzia.

Sono nella casa della vicina.

Cosa fai là?

La babysitter.

Quanti anni ha il bambino?

Quattro, è una femmina, ma per fortuna dorme. La casa è veramente bella. I mobili sembrano della Apple. Aspetta, ti mando una foto.

...

Si capisce com'è?

Essenziale. Bello stile.

Per farti capire, la vicina è uscita con un cappotto di Prada e le scarpe Louboutin. Hai presente?

No.

Quelle con la suola rossa. Non mi dispiacerebbe essere così da grande.

Ok. Cell scarico, ciao.

♥

C'era un silenzio profondo – si sentiva solo il respiro un po' affannato della piccola, che continuava a dormire. Qualche anno prima – non ne aveva ancora dieci – un pomeriggio era rimasta da sola a casa di un'amica, per una mezz'ora – c'era stata una specie di emergenza che non le avevano spiegato, o che lei non aveva capito. La mamma dell'amica l'aveva piazzata davanti alla televisione, e lei non si era mossa da lì; mentre aspettava che tornasse qualcuno, aveva continuato a guardarsi le spalle, con una paura che a distanza di tempo non sapeva più spiegarsi, ma che ricordava nitidamente – era come quando, nella casa della nonna dove passava l'estate, non trovava il coraggio di infilare una mano sotto il letto. Ora, invece, si sentiva spinta da una curiosità che le rimescolava qualcosa dentro. Camminando lateralmente lungo il corridoio, lesse il dorso dei libri: c'erano *Siddartha*, *L'insostenibile leggerezza dell'essere*, *Lolita*, *Anna Karenina*, *Casa desolata*. Gli stessi titoli che c'erano a casa sua, in salotto. Finalmente, trovò *Cinquanta sfumature di grigio.* Sua mamma e le sue amiche ne avevano parlato tutta l'estate, sempre sottovoce. Era un segreto mal custodito. Lo aprì e iniziò a sfogliarlo.

Gemo mentre mi spalanca, mi riempie, a bocca aperta per la sorpresa di quella sensazione sublime, lancinante, che mi colma.

"Oh... ti prego".

«Così va bene, piccola, sentimi, fino in fondo» ringhia, e chiude gli occhi per un attimo.

Ora è dentro di me, affondato fino all'elsa, e mi tiene ferma, per alcuni secondi... minuti... non lo so, fissandomi intensamente.

«È profondo, qui» mormora. Inarca e ruota i fianchi in un solo movimento, facendomi gemere... Oddio, la sensazione si irradia nel mio ventre... in tutto il corpo.

"Cazzo!"

«Ancora» mormoro. Lui obbedisce, nel suo sguardo un sorriso svogliato.

Lo sto scopando. Sono io che tengo le redini. È mio e io sono sua. Quel pensiero mi spinge, pesante come cemento, oltre il baratro, e vengo... urlando senza controllo.

Entrò nella camera da letto, in punta di piedi. Al centro, un letto nero alto venti centimetri, futon. Scostò il copriletto: lenzuola rosse. Su un comodino di vetro satinato, una lampada bianca; sull'altro comodino, una lampada uguale ma nera, e un Kindle. Sistemò il copriletto. Le porte scorrevoli dell'armadio erano a specchio. Ne aprì una: completi di lui. Su un lato, pendevano decine di cravatte. Ogni tanto lo intravedeva, il marito della vicina, mentre usciva la mattina: era sempre molto elegante, riservato. La salutava con un cenno della mano. Era più vecchio di sua moglie di almeno una decina di anni. La mamma diceva che era già stato sposato, e che faceva il ginecologo, e lei non capiva qual era la cosa buona e qual era quella cattiva. Suo papà, invece, faceva la guardia giurata e quando era a casa si metteva sempre un orecchino. Aveva perso la testa per un'altra, all'improvviso, da un giorno all'altro: la mattina era uscito quello di sempre, e la sera era tornato un altro uomo. Fino a quel momento, tra lui e la mamma era lui quello più innamorato: dopo, aveva l'aria smarrita, incredula, di uno a cui fosse caduto un pianoforte in testa mentre camminava in mezzo a una piazza. *È successo*, continuava a dire sconsolato, *cosa posso farci?* Stava in cucina, con la testa tra le mani, incapace di tornare indietro. Diceva che sua moglie non meritava quello che le stava facendo; ma lo faceva lo stesso, e non smetteva di farlo. Lei all'inizio non aveva capito – aveva dieci anni, e vedeva solo il dolore delle promesse non mantenute, e un vago pericolo per il futuro; poi, invece, iniziò a capire meglio il mondo degli adulti, la loro forza e le loro manchevolezze, due facce della stessa medaglia – li osservava in modo diverso, anche se non avrebbe saputo dire cosa era cambiato, nel suo modo di guardare. Le favole che aveva amato da bambina – quando era ancora *nuova* – ora, sembravano troppo complicate nelle premesse, e troppo semplici nelle conclusioni: i suoi si erano lasciati –

era successo – e sua mamma non aveva fatto abbastanza per evitarlo, e alla fine erano rimasti tutti soli. Quando il papà chiamava, si capiva che stava male – domandava cosa avevano mangiato, come andava a scuola, come stava la mamma – e però si capiva anche che non avrebbe mai cambiato idea. L'altra donna era diventata il suo nuovo dovere.

Tre mesi prima, un compagno di classe le aveva mandato un messaggio con il quale le diceva che gli piaceva. Due settimane dopo, a una festa, lui aveva baciato la sua compagna di banco; lei aveva pianto, ma molto meno di sua madre: ormai sapeva che le cose potevano andare anche in quel modo. Ora ce n'era un altro, un po' meno sveglio, che su Facebook, sotto una foto in cui lei era stata taggata, aveva scritto che credeva nell'amore a prima vista. In chat era timido, ma continuava comunque a chiederle se poteva mandargli una sua foto. Quando lei e il ragazzo che aveva baciato la sua amica si incrociavano, non si salutavano più – le sembrava giusto così, anche se non serbava rancore.

Aprì l'altra porta dell'armadio. In alto, pendevano i vestiti di lei – neri, grigi. In mezzo, un abito lungo a fiori chiari. Una gonna rossa. Una giacca di pelle nera. Si sentiva il suo profumo, come se lei fosse là presente, da qualche parte, in camera. Fuori, sui campi che si estendevano dietro casa, a ridosso dell'autostrada, un trattore andava avanti e indietro, avanti e indietro, senza sosta, spargendo quintali di letame – coltivavano soia. Sotto, c'era una cassettiera. Sembrava che la chiamasse, che le dicesse qualcosa. Le tremavano le mani, ma non aveva paura.

Ho trovato 50 sfumature di grigio nella sua libreria

Ce l'ha anche mia madre ma non l'ho mai aperto. Com'è?

Strano. Senti: io gli crollo sul petto, sopraffatta, in un luogo tra la fantasia e la realtà, un luogo dove non ci sono limiti, né assoluti né relativi.

Boh. Sembra un po' una cazzata.

Un po'.

Mia mamma dice che non è un libro per ragazzi.

Però loro lo leggono. Tu hai mai visto i tuoi che lo facevano?

Sei impazzita?

Stavo scherzando.

Ma una volta lei li aveva visti. Aveva sentito dei rumori strani che venivano dalla camera dei genitori, come se a qualcuno mancasse il fiato. Si era spaventata. Pensava che la madre stesse male, che stesse soffocando. Aveva aperto la porta della camera, e nel buio aveva intravisto suo padre sopra sua madre, a quattro zampe: quando girò la testa indietro, di lato, la vide, e urlò, spaventata; disarcionò suo padre, e poi le gridò di tornare in camera sua. Anni prima lei aveva visto un gatto sopra una gatta, con lo sguardo serio e assente di chi compie un dovere che non capisce. Come quel gatto, sua madre, là sotto, non sembrava né felice né triste. Aveva un viso che non aveva mai quando cucinava, o la veniva a prendere a scuola, o la sgridava, o rideva guardando un film. E lei aveva appena compiuto otto anni, e si rendeva conto che c'erano cose che avrebbe capito solo quando sarebbe diventata grande. Ora aveva tredici anni. Suo padre se n'era andato, e pensava che prima o poi ci sarebbe stata una risposta, però era come se le domande continuassero a cambiare.

Sai che la vicina ha un sacco di mutande strane?

Tipo?

Un tanga trasparente.

Bello.

E un perizoma con il pelo davanti.
Che schifo! Ma hai guardato in tutti i loro cassetti?
Ho sbirciato un po' dentro.
Hai trovato anche i suoi reggiseni?
Tantissimi. Il più bello è uno nero, lucido.
Taglia?
La mia.

La chiamò sua mamma al telefono, e le chiese come stava andando. Le disse che la bambina stava ancora dormendo, e che secondo lei era ammalata. Tossiva nel sonno, e aveva il respiro veloce.

«Hai provato a toccarle la fronte?»

«Ho paura che si svegli».

«Sì, ma se ha quaranta di febbre...»

«E come faccio a capire quanta febbre ha?»

«Vuoi che venga là?»

«No, mamma, non sono una bambina» – aveva quindici anni – «dimmi come si fa».

«E che ne so? Toccale la fronte, e cerca di capire se è fresca, se è un po' calda, o se è tanto calda».

«E se si sveglia?»

«Cosa ti ha detto di fare, Tiziana?»

«Si chiama Tiziana?»

«Credo di sì. Sulla cassetta della posta c'è scritto Tiziana».

«E lui?»

«Mario. Cosa ti ha detto di fare, se si sveglia?»

«Devo darle una fetta di torta. Se la vedessi... è grigia. Sembra fatta con il cartone. Credo che siano vegetariani, o qualcosa del genere. Forse è per questo che loro sono così in forma. Dovremmo mangiare solo verdure anche noi». Mario era un nome che non le piaceva.

«Sì, pinzimonio mattina e sera. Ma le hai toccato la fronte?»

«Aspetta, entro in camera. Non parlo».

«Sì».

«...»

«Hai fatto?»

«Sì, mamma».

«Come ti sembra?»

«Caldina, ma non si è svegliata».

«Caldina quanto?»

«Secondo me ha meno di trentotto».

«Ascolta... Dopo, quando torni, mi puoi dare un'occhiata al telefono?»

«Cosa è successo?»

«Non va più Whatsapp. Si blocca sempre».

«Ne hai sempre una, mamma...».

«Non ho toccato niente. A questo punto, pensavo di comprarmi un iPhone. Ce l'ha una mia amica, e non ha mai problemi. Che dici?»

«Avresti problemi anche con quello. E poi costa un sacco di soldi. Piuttosto comprane uno nuovo a me».

«Hai fatto i compiti?»

Avrebbe voluto chiederle perché da qualche parte si faceva chiamare DamaBlu, e se pensava davvero di trovare marito su Internet. Quando doveva sistemarle il telefono, trovava la cartella delle foto sempre vuota; ma ogni tanto, di notte, sentiva lo scatto della fotocamera, quel click che non era mai riuscita a disattivare. «Sì, quasi tutti. Devo solo finire matematica». Si guardò nello specchio dell'armadio. Il reggiseno lucido le stava bene.

In bagno, dentro al cassettino dei trucchi, trovò lo smalto scuro. Diede un'occhiata all'orologio: aveva ancora più di un'ora. Si sfilò i pantaloni e i calzini e iniziò a dipingersi le unghie dei piedi, seduta sulla tavoletta del gabinetto, con la finestra aperta per allontanare l'odore di vernice. I piedi, pensava, non avrebbero dovuto avere le unghie, e forse non avrebbero dovuto avere nemmeno le dita: era un'idea che le era venuta da poco, ed era convinta che chiunque, pensandoci un po', sarebbe stato d'accordo con lei. In spiaggia, d'estate, guardava gli alluci delle donne, ed erano tutti troppo grossi, e sproporzionati, e quelli attaccati alle vecchie avevano sempre un callo giallo e gonfio. Steve Jobs li avrebbe eliminati di sicuro, gli alluci: inutili, brutti. Guardando *Pretty Woman* aveva scoperto che un piede è lungo come l'avambraccio. Per l'ennesima volta provò se era vero. Era vero. Avrebbe voluto assomigliare a Julia Roberts da giovane, ma con una bocca un po' più piccola. Una volta al telefono sua madre aveva detto a un'amica che se le garantivano che poi avrebbe trovato Richard Gere, avrebbe fatto volentieri anche lei la puttana – l'aveva detto quando lei sapeva solo che *puttana* era una parola che non si doveva dire. Poi sentì freddo. Le venne la pelle d'oca, e i peli sulle braccia si rizzarono in piedi. Soffiò sullo smalto per farlo asciugare prima. Si baciò un ginocchio. Avvicinò il piede alla bocca, e le venne voglia di leccarne il dorso. Non aveva alcun sapore. Il cuore le batteva forte, le mancava il fiato. Chiuse la finestra.

Tornò in camera da letto, aprì di nuovo l'armadio, e frugò ancora nei cassetti di lei. C'erano mutande di raso rosso, mutande minuscole di pizzo nero, mutande viola. Si guardò nello specchio, con le unghie scure, il reggiseno lucido e le mutande bianche di cotone che sua madre le comprava all'Oviesse. In fondo al cassetto trovò un paio di slip rossi. Sotto, avevano un'apertura, un buco rotondo. Ci passò un dito dentro; poi infilò il pollice unito all'indice e al medio, uniti. Si tolse le mutandine, e si guardò di nuovo allo specchio. Indossò gli slip della vicina. Prese il telefono che aveva lasciato sul comodino e fotografò il proprio riflesso. Sembrava più alta, più grande, come Rihanna in *We found love*. Scattò un'altra foto, con gli occhi socchiusi, e la bocca un po' aperta. Avrebbe potuto mandarla al suo compagno di classe che gliene chiedeva sempre una. Gli sarebbe piaciuta? Le sarebbe piaciuto mandargliela? E sua madre, a chi mandava le foto che si scattava di notte, in camera sua? Si accarezzò la pancia. Non sentiva più freddo, ma tremava ancora. A diciotto anni si sarebbe fatta tatuare un geco sotto l'ombelico. Scese un po'. Fece scivolare il medio attraverso il buco delle mutande. Dentro, era bagnata: il suo corpo aveva capito qualcosa che lei a malapena intuiva. Portò il dito alle labbra, e vincendo il disgusto lo leccò, perché doveva farlo. Non era buono, e non era cattivo: quello, pensò, era il suo nuovo sapore. Poi sentì un rumore, un tonfo, e subito dopo un pianto. Corse in camera: la bambina era caduta dal letto e urlava disperata, nel buio della stanza. La prese in braccio, e provò a consolarla, ma sembrava terrorizzata, e la spingeva per allontanarla. Chiamava la mamma. Si spostarono in corridoio e lì si accorse che sulle labbra della piccola c'era un taglio, e da là usciva sangue, e questo sangue colava sul suo corpo, sulle braccia, sul reggiseno nero; con le manine sporche le toccava il viso, il collo, e continuava a urlare, e solo quando si calmò un po' lei riuscì a sentire il rumore dei tacchi sulle scale, e poco dopo quello di una chiave infilata nella porta, e lei era là, nella casa della vicina, con la bambina in braccio, le mutande con il buco, il sangue sulla faccia, le unghie nere, e lo sguardo di una mamma a quattro zampe sorpresa sotto il peso del proprio desiderio.

La cagna

Una mattina, leggendo il giornale al bar, con una brioche vuota in mano, e il cappuccino appoggiato al tavolino, seppe che l'uomo che amava da una decina d'anni era morto. La notizia era scritta in un angolo della cronaca locale: il titolo *Lutto all'Università* aveva attirato la sua attenzione. L'autore del piccolo articolo, che non si firmava, diceva che dopo una breve malattia il Professor De Santis era morto. L'età e il corso che teneva non consentivano di sperare in uno spiacevole caso di omonimia.

Chiuse il giornale, pagò la colazione e uscì. Avrebbe voluto tornare a casa, tirare le tende, spegnere le luci e buttarsi a letto, ma non avrebbe saputo come giustificare l'assenza dal lavoro: l'uomo che era morto era sposato, ma non con lei. Il lutto, in casi come questi, è un lusso non contemplato. Poiché mancavano dieci minuti all'apertura del negozio nel quale lavorava, iniziò a camminare per la zona pedonale, avanti e indietro, senza sapere cosa fare. Un signore con la barba, che la sera prima aveva visto gironzolare davanti a un negozio di dischi (l'aspetto trasandato e uno sguardo particolarmente fiero lo distinguevano dalla folla), ora stava suonando un'arpa artigianale, seduto su uno sgabello, con la custodia del suo strumento spalancata davanti a lui come una bocca che chiedeva qualcosa da mangiare. Una coppia – lui altissimo e con i capelli lunghi, lei piccola come un bonsai – continuava a baciarsi, abbracciarsi, e a stringersi, come fosse impegnata a far rifornimento di benzina prima di un lungo viaggio. Quando sarebbero stati sazi di quelle tenerezze? Passarono due marocchini con le facce tese, e poco dopo due vigili in cerca di multe da fare. La vita scorreva come tutte le mattine.

Non lo sentiva da due mesi. Gli accordi prevedevano che lei non lo chiamasse, e non gli scrivesse messaggi, e non andasse ad aspettarlo davanti alla Facoltà di Biologia, se non quando lui la autorizzava esplicitamente a farlo. Avevano sviluppato un sistema di acronimi con il quale lui gli comunicava, via sms, il suo stato: *pp* stava per *posso parlare*, *nc* per *non chiamare, nr* per *non rispondere.* Periodi fitti di comunicazioni succedevano a mesi di silenzio, che erano succeduti a settimane in cui tutto sembrava permesso – fino al punto da farle intuire come ci si sentiva ad essere la moglie di qualcuno.

La durezza delle regole che lui aveva imposto unilateralmente, e da subito, non le erano mai sembrate sbagliate e per questo le aveva silenziosamente accettate: lui aveva una famiglia, dei figli, una casa, una donna verso la quale aveva doveri, e alla quale era unito da un legame profondo, mentre lei era una donna libera, che non aveva nulla da perdere. Il loro rapporto – lo sapevano entrambi – era sbilanciato; ma quello sbilanciamento si era trasformato in una nuova, impensabile forma di equilibrio. Quando lei lo invitava a cena, due o tre volte al mese, lui arrivava con una bottiglia di vino in mano, e si accomodava nel salotto come se avessero sempre vissuto insieme. Mentre lei cucinava, lui l'abbracciava da dietro, e le baciava il collo, le orecchie, le guance, con una tenerezza mescolata a una matura passione. Più tardi, seduti a tavola, l'uno davanti all'altra, con una candela che illuminava i visi, parlavano di musica, politica, persone che conoscevano, e sorridevano mentre le dita delle mani si sfioravano, si intrecciavano, si perdevano e subito si ritrovavano. Spesso, dopo cena guardavano un film che lui noleggiava in un negozio sotto casa, e poi facevano l'amore, e quando avevano finito rimanevano distesi a letto, di nuovo a parlare, per ore. Qualche volta, d'estate, si era fermato a dormire da lei, ed era sembrato tutto *normale* – un uomo e una donna che, amandosi, condividevano il loro tempo. Ma lui aveva una famiglia; lui era sposato: lui aveva una moglie che non avrebbe mai lasciato.

Qualche volta avevano affrontato l'argomento, in termini vaghi e generali, ma non c'era molto da dire: era evidente, a entrambi, che lui non avrebbe lasciato quello che aveva per iniziare una nuova vita con lei. Si erano conosciuti troppo tardi, quando le decisioni importanti erano già state prese; lei era salita su un autobus in corsa, dove erano rimasti solo posti in piedi. E anche se a volte le sarebbe piaciuto trovare la forza di scendere, per prendere una strada diversa, si era ormai rassegnata a quell'amore a metà; e sapeva che se lei avesse deciso di lasciarlo, lui non l'avrebbe trattenuta, perché non era un uomo egoista; ma sapeva anche che non l'avrebbe mai aiutata a uscire da quella storia, perché in fondo anche lui aveva bisogno di lei. Si sarebbe dovuta lanciare da sola, perdendo tutto, per tornare ad avere qualcosa di *suo*.

Ci pensò molto, ma alla fine decise di andare al funerale: sarebbe rimasta in disparte, ma ci sarebbe stata, perché non voleva rinunciare a dare l'ultimo saluto all'uomo che aveva amato. La chiesa era piena a metà, o vuota a metà. Nelle prime file c'erano i figli, le nuore, un fratello – la versione appesantita di lui – e la moglie, che lei non aveva mai visto di persona – una donna minuta, un po' grossa, che dimostrava i sessant'anni che aveva. Tre anni prima, in una torrida giornata di luglio, lui l'aveva invitata a casa, a cena, mentre tutta la sua famiglia era in vacanza. Fu una pessima idea, perché, per motivi diversi, nessuno dei due si sentiva a proprio agio. Abitava in una piccola villa, con un giardino davanti, dove scorrazzava un pastore tedesco che l'aveva accolta con un sacco di feste; dal salotto si vedevano il prato, una magnolia, alcuni alberi di mandorle. Aveva cucinato lui; il tavolo era preparato con cura. Ma quella sera tutto sembrava innaturale, come se la presenza di lei in quelle stanze, in quella cucina, seduta a quel tavolo, fosse qualcosa che non sarebbe mai dovuta accadere; e sembrava che, dopo sette anni che facevano l'amore due o tre volte al mese, di nascosto dal mondo, quella visita fosse il primo, e unico tradimento della loro vita: un tradimento che feriva il senso del dovere di lui, e l'orgoglio di lei. Quell'amore lieve, che fino a quel momento si era tenuto fuori da quelle mura, era arrivato fino al cuore della casa; e messo accanto agli oggetti quotidiani della famiglia che in quella casa viveva – un quadretto disegnato dai nipotini, un vaso di vetro per i fiori secchi, la lista della spesa – mostrava tutta la sua insostenibilità. Avevano comunque fatto l'amore, come un dovere al quale non potevano sottrarsi. Sul divano del salotto affacciato sul prato, mentre lui le era sopra, lei vide, appoggiata a un ripiano della libreria, una cornice d'argento con la foto di sua moglie che li fissava con uno sguardo mansueto e un po' smarrito. Ora, dopo tre anni, quella moglie era in prima fila, a piangere pubblicamente il suo legittimo dolore, mentre lei, l'amante che tre anni prima stava distesa sotto il corpo di *quel* marito, guardava la bara distesa davanti all'altare, in silenzio, trattenendo lacrime che non avrebbe saputo spiegare.

La cerimonia fu breve: lui si era sempre dichiarato *fieramente ateo* (di chi era stata l'idea di quella messa?) e il prete, con misericordia, ne tenne conto. Alla fine, scese una mestizia silenziosa, interrotta solo dallo scalpiccio dei piedi, dal rumore di nasi e fazzoletti, dal fruscio degli abbracci. I figli stavano accanto alla madre, che ringraziava tutti quelli che le si avvicinavano; sembrava, però, che non fosse più in grado di riconoscere nessuno: il suo dolore trattenuto doveva essere molto più vasto di quanto fosse possibile vedere da fuori. Il fratello stringeva le mani dei presenti, una a una, e a tutti diceva qualcosa, accennando ogni volta un sorriso con uno sguardo dolce e intelligente. Lei, intanto, non riusciva a smettere di pensare a tutto quello che aveva avuto: i messaggi che la raggiungevano la mattina, al lavoro, pieni di una tenerezza quasi fanciullesca; le parole che si dicevano sottovoce dopo aver fatto l'amore; quella sera che andarono a Venezia, e sul Ponte di Rialto, sorridendo, lui le promise che prima o poi l'avrebbe portata a Parigi; e quando, tenendole il viso tra le mani, lui le giurò, serio, che la sua prossima vita sarebbe stata tutta per lei.

Il fratello, alla fine, arrivò anche da lei; guardando gli occhi che non avevano il coraggio di sollevarsi, le chiese se avrebbe avuto piacere di seguire la famiglia a una specie di rinfresco – *in stile americano*, disse – per stare tutti un po' insieme, in un ambiente più accogliente di quella chiesa austera. Lei, per rispetto della famiglia che per anni aveva ingannato, avrebbe voluto dire di no; ma, senza alzare lo sguardo, annuì.

Seguì il corteo delle macchine. Due volte fu tentata di buttarsi in una strada laterale, di fuggire; ma dopo un quarto d'ora di viaggio, stava parcheggiando davanti alla casa che, tre anni prima, aveva violato. Il pastore tedesco, legato vicino alla cuccia, sembrò riconoscerla, perché da lontano guaì, e prese a scodinzolare: forse ricordava quando lei, dopo la cena, e dopo aver fatto l'amore con il suo padrone, aveva insistito per portargli la tagliata che per l'emozione – per il dolore di quella sera – non erano riusciti a mangiare.

Entrò. Il salotto, la cucina, i quadri alle pareti, erano uguali a come li aveva visti. Anche la moglie, incorniciata sul ripiano della libreria, fissava il mondo con la stessa indulgenza e lo stesso smarrimento di allora.

Per le stanze, giravano parenti e amici. In dieci anni, lui non le aveva presentato nessuno – con un rigore assoluto l'aveva tenuta separata da qualsiasi altra sua vita – ma guardando quelle persone, unite da un dolore comune, le sembrò di riconoscere i personaggi delle storie che lui le raccontava durante le loro cene: il collega pelato che ci provava con tutte, la segretaria centenaria, un cugino zoppo, lo studente del quale lui era relatore e che da un anno stava cercando di finire una tesi di laurea rivoluzionaria. Riuscì anche a distinguere i due figli: quello più grande, più serio, con la riga in parte, i pantaloni grigi, lo sguardo concentrato, una moglie simile a un'utilitaria; e quello più piccolo, con i jeans consumati, l'orecchino, e una specie di modella a fianco. Ma anche se assomigliavano alle descrizioni che lui, nudo, ne faceva nella penombra di una camera da letto – descrizioni nelle quali l'orgoglio paterno si stemperava nell'amarezza di ambizioni deluse – sembrava che i loro difetti e i loro pregi fossero del tutto banali: visti dal vivo, alla luce del giorno, mostravano una normalità quasi insopportabile. E tutta quella vita che lei aveva visto attraverso una specie di spioncino, rimanendo in silenzio per non farsi sentire, e che lui aveva mantenuto sigillata, come un tesoro troppo prezioso per essere condiviso, non era diversa dalla vita che lei aveva vissuto per conto suo: le stesse persone piene di contraddizioni, lo stesso bisogno di affetto – un bisogno disperato, straziante, e stupidamente negato. I colleghi, che davanti alla finestra del salotto, con un bicchiere di prosecco in mano e un tramezzino nell'altra, parlavano sottovoce di altri colleghi che non c'erano, di un posto da cattedratico che si era liberato a Bari, di una pubblicazione americana che aveva scavalcato una loro pubblicazione *molto migliore*, sembravano essere là per caso, come se la morte fosse qualcosa che non li riguardava, o che non potevano capire. Prima o poi sarebbero spariti anche loro, e altri colleghi avrebbero ignorato la cosa con un'identica noncuranza, sorseggiando lo stesso prosecco. Erano quelle le cose che lui non aveva mai voluto abbandonare? Quella vita, quegli affetti, quel mondo?

Le si avvicinò il fratello. Mentre le versava un bicchiere di Coca Cola, le chiese se andava tutto bene. Lei lo guardò negli occhi, e si stupì di quanto somigliassero a quelli di lui: sembrava che dietro le sue pupille si muovesse, come un ricordo, o un sogno cangiante, l'uomo che lei aveva perso. Anche la voce aveva la stessa inflessione, l'identico modo di concludere le frasi – quella pausa di vaga sospensione, che invitava a rispondere. Senza accorgersi, si spostarono fuori, sotto la magnolia. Le foglie – grandi, lucide, carnose – ricoprivano la terra: il lutto aveva posticipato i doveri del giardiniere. Chiacchierarono sottovoce. Lui le raccontò del male che aveva colpito il fratello, e di come avesse affrontato una morte annunciata con distacco e serenità. Mentre parlavano, lei guardava la casa: dal giardino, sembrava che le persone rimaste dentro fossero burattini mossi da fili invisibili. I muri che dividevano le stanze nascondevano la moglie e i figli in cucina dai colleghi e dagli amici in salotto; ma da fuori, era possibile vederli tutti insieme – le lacrime, le teste chinate, le risatine nascoste, i tramezzini lasciati a metà e appoggiati di nascosto su un ripiano della libreria. Vide anche un uomo che, dopo aver scambiato due parole con una donna, si era girato e aveva fatto un gesto volgare e scaramantico.

Si avvicinarono al cane e insieme lo accarezzarono. Lui, cercando di nascondere un imbarazzo che in un corpo così grande faceva sorridere, le disse che il fratello gli aveva parlato di lei, poco prima di morire, e che aveva avuto parole piene di affetto e tenerezza.

«Perché non mi ha chiamato?»

«Non avrebbe potuto. Nelle ultime settimane non poteva muoversi dal letto».

«Ha lasciato qualcosa per me? Una lettera?»

«No, non credo. Ma di sicuro l'ha pensata molto. Mio fratello non avrebbe mai potuto lasciare la sua famiglia – non l'avrebbe nemmeno voluto – ma se avesse avuto un'altra vita a disposizione, forse avrebbe fatto scelte diverse. Era un uomo generoso. Era convinto che la sua dote migliore fosse l'intelligenza, ma non sapeva di avere un cuore straordinariamente grande».

«La sua famiglia sa qualcosa di me?»

«No. Nulla. E sono convinto che non ci sia nessun motivo perché lo sappia adesso».

In altre parole, lei non era mai esistita, e avrebbe dovuto continuare a non esistere.

Il cane continuava a scodinzolare. Rimasero vicino alla cuccia un paio di minuti, come se cercassero ancora qualcosa da dirsi; ma poiché non c'era più nulla da dire, tornarono in casa.

La moglie sembrava aver trovato un po' di coraggio. Si offrì di preparare un tè caldo per tutti. Le nuore l'aiutarono a tirare fuori le tazze del servizio buono; misero su il bollitore, che dopo qualche minuto iniziò a fischiare. I figli, ogni volta che le passavano accanto, la stringevano, e le sussurravano qualcosa all'orecchio; la donna ricambiava con una carezza.

Lei, seduta su una panca, ai bordi della cucina, guardava in silenzio. I disegni dei nipotini e il vaso di fiori, negli ultimi tre anni non avevano cambiato posizione. Si sentiva stanca. Fuori, il cielo aveva iniziato a scurire, e le facevano male i piedi; la moglie, invece, si era messa un paio di pantofole, perché *era a casa sua*. La morte del marito le aveva straziato il viso, ma non era riuscita a toglierle la serenità: era una donna che aveva amato, e che di sicuro era stata amata. La storia segreta che suo marito aveva avuto con lei – le cene, i film, i messaggi mandati la mattina, le parole dopo aver fatto l'amore – non avevano tolto nulla alla vita di sua moglie; e anche se il cuore di quell'uomo era straordinariamente grande, quell'amore doveva avere una vastità che nulla poteva arginare, perché era arrivato fino alla vita della sua amante, togliendole tutto. Era per quella donna, che ora tutti coccolavano e sostenevano, che lei non aveva avuto una famiglia, dei figli, una casa dove tornare. A Parigi, non c'era mai stata. Aveva passato gli ultimi dieci anni sperando in qualcosa che non sarebbe mai potuta accadere. E nonostante tutte le promesse, lui non sarebbe mai risorto per passare una nuova vita con lei.

Non poteva rimanere un minuto di più. Si alzò lentamente, e uscì di casa. Il cielo era coperto di nuvole scure, gonfie di elettricità. Mentre attraversava il giardino, sentì dei passi dietro di lei, e la voce del fratello che la chiamava: ma non sapeva neppure il suo nome, perché le diceva *Scusi, scusi, 'signora' un attimo*. Chiuse il cancello dietro di sé. Nel buio che era calato, le luci accese di quella piccola villa di periferia brillavano come il fuoco di un camino acceso – e pareva che il tepore arrivasse fino alla strada per lambirle il cuore, senza poterlo toccare. Montò in macchina. Qualcuno la chiamò al cellulare, ma non rispose; e mentre si allontanava, pensando a tutto quello che non aveva avuto, e a tutto quello che aveva perduto, le sembrò di sentire il cane abbaiare.

Ardore

Tutto era cominciato ai primi di novembre, quando lei notò sul collo di suo marito un piccolo rigonfiamento. Lui minimizzò; ma quando, il mese dopo, iniziò a fargli male la schiena, decise di andare dal dottore a farsi dare un'occhiata. Iniziò la chemioterapia il 12 dicembre, ed entrambi cercarono di considerarla come una scocciatura necessaria per risolvere quel problema inaspettato – lui aveva quarantasei anni, e non aveva mai avuto nulla. Al pranzo di Natale, lui mangiò leggero, ed evitò lo spumante. Il 31 dicembre brindarono con l'aranciata, guardandosi negli occhi, scacciando con forza il fugace pensiero che quello potesse essere l'ultimo Capodanno. A fine gennaio, i dottori raddoppiarono il dosaggio della chemio. A metà febbraio, aveva perso tutti i capelli, e passava metà della giornata in bagno cercando di vomitare. Ai primi di marzo, lei prenotò le vacanze estive, come una specie di scongiuro. A partire dal 10 marzo, c'era sangue nel vomito; dal 17, anche nelle feci. Lei prenotò le vacanze di Pasqua, e ancora negava. Ai primi di aprile, lui aveva già perso trenta chili, e tentava di parlare con lei della sua assicurazione sulla vita, del conto coi loro risparmi; lei, però, diceva che presto sarebbe guarito, e che quei discorsi non avevano senso. I figli chiedevano alla mamma come mai il papà non stesse bene, ed evitavano di entrare in camera sua. Sua suocera venne a vivere da loro: ogni mattina, quando lei doveva andare a insegnare, accudiva suo figlio come se avesse di nuovo tre anni. Lui guardava tutti con occhi enormi e pieni di terrore. Riusciva a mangiare un cucchiaio di minestra al giorno. La notte, sua moglie lo sentiva lamentarsi con una voce sempre più flebile, senza più forze. A metà aprile, la chiamarono a scuola: lui stava male, ma se correva avrebbe potuto salutarlo. Arrivò a casa che sua suocera stava già piangendo. A pranzo, andò a prendere i bambini e li portò a mangiare fuori. Avrebbe voluto morire, ma sapeva che doveva resistere per loro. Mentre i due maschietti si spartivano una fetta di pasticcio, lei pensava a suo marito, al giorno in cui si erano conosciuti, alle promesse che si erano scambiati, a una gita sul lago che avevano fatto venti anni prima, al futuro che stavano ancora progettando insieme. Quando la piccola le chiese dov'era papà, lei scoppiò a piangere, e non riusciva più a fermarsi.

Tre giorni dopo, durante il funerale, mentre calavano la bara sotto terra, le sembrò che niente avrebbe avuto più senso. I suoi figli erano uno accanto all'altro, e si tenevano per mano. La bambina aveva un vestitino rosa, con un fiocchetto sul davanti. I maschietti avevano i sandaletti blu, i calzini bianchi, e non capivano cosa stava succedendo. Il cielo era pieno di nuvole. Vicino al cimitero c'era la ferrovia; un treno sferragliò mentre i parenti si salutavano e si abbracciavano, e un ragazzino, seduto in un vagone di seconda classe, guardando verso le tombe l'una accanto all'altra per un attimo pensò che fosse un parcheggio; poi riprese a leggere i fumetti.

Sua sorella si fermò due giorni da lei, per farle compagnia. Dormivano in salotto, nel divano letto – nessuno aveva coraggio di entrare in camera. Quando i bambini erano a scuola, loro due stavano in cucina a bere caffè, a mangiare acini d'uva, cioccolatini, biscotti; quando tornavano a casa, si sentiva solo il rumore della Wii: anche i piccoli non avevano più voglia di parlare. Dopo una settimana riprese a lavorare. Dopo un mese tornò a dormire in camera sua – di notte si svegliava ogni ora, per cercare il respiro dell'uomo che aveva amato, e che non c'era più. I sogni erano confusi, lunghi, rumorosi. Al risveglio, ricordava solo il dolore che aveva provato.

Dopo tre mesi, affrontò il guardaroba. Annusò i completi, le cravatte, e le parve di trovare qualcosa che la potesse consolare. Qualche giorno dopo, regalò tutto ai poveri; tenne solo un paio di scarpe che avevano comprato insieme, e che per qualche motivo voleva conservare. I suoi libri rimasero al loro posto. Buttò via il rasoio, il dopobarba, l'olio piccante che non piaceva a nessuno, una SIM della quale non conosceva il PIN, le cinture, un cappellino consumato. Mise da parte per i figli, per quando sarebbero stati grandi, due orologi, il computer portatile, una pipa che non aveva mai fumato. Comprò una moka per una tazzina, e mise in credenza quella da due.

Iniziò a prendere l'abitudine di addormentarsi davanti alla televisione, la sera. Quando si svegliava nel cuore della notte, spegneva le luci, e poi passava per le camere dei bambini, e li guardava dormire. I loro respiri le stringevano il cuore. Dov'era, suo marito? Perché lo sentiva così vicino e così lontano? Avrebbe voluto abbracciarlo, e farsi coccolare un po'. A volte le sembrava che fosse sufficiente allungare una mano per toccarlo; altre, era sicura di aver udito la sua voce che le parlava. Quando era indecisa, si chiedeva cosa avrebbe fatto lui in quella situazione. Gli mancava, gli mancava da morire.

Tre anni dopo, nel suo armadietto a scuola, trovò un biglietto scritto a mano. "Ci prendiamo un caffè insieme? Marco". Si sorprese. Marco insegnava educazione fisica, e da dieci anni diceva a tutti che il suo matrimonio era agli sgoccioli. Aveva avuto relazioni con diverse professoresse, che lui negava con poca decisione, e che avevano lasciato strascichi di recriminazioni, e infantili ripicche. Ai consigli di classe, ce n'era sempre una che gli sorrideva, e due o tre che non gli rivolgevano la parola. Ora, da quanto poteva vedere, era arrivato il suo turno.

La fase acuta del lutto era passata. Con i soldi dell'assicurazione sulla vita – il premio per una scommessa sulla morte – aveva comprato una casa nuova, un po' fuori città, dove si era trasferita con i bambini. D'estate, la sera leggeva un libro in giardino, guardando i figli giocare. Presero un cane. Si era abituata al nero dei vestiti, che con il tempo era diventato più elegante che triste. Per il dolore aveva perso una decina di chili, e ora, dopo tanti anni, si sentiva a suo agio con se stessa. Spesso, parlava di suo marito con le amiche, con sua sorella, con sua madre: ne ricordava il carattere mite, la gentilezza dei gesti, l'amore ingenuo e allegro che aveva per i figli. Era stato un uomo buono e generoso – e più ne parlava, più si rendeva conto delle sue qualità. Quando era sola, e pensava a lui, si commuoveva. Ricordava lo smarrimento degli ultimi giorni – quegli occhi infossati, enormi, incapaci di capire, che la guardavano da un mondo già lontano, dalla parte opposta del fossato che la morte aveva iniziato a scavare tra loro. Era quello il dolore più grande: non che fosse morto, ma che fosse morto solo lui. Il legame che li aveva uniti, che li aveva tenuti insieme per tanti anni, era stato spezzato; e il fatto che lei gli fosse sopravvissuta, aveva i vaghi contorni di un tradimento che non poteva essere ammesso.

Ora, l'ingenuo corteggiamento di quel professore...

Era più giovane di lei. Da quello che si poteva intuire, faceva molto sport, e passava diverso tempo all'aria aperta: la pelle scura, i capelli lunghi, gli occhi verdi, l'abbigliamento casual, una certa tendenza al sorriso, lo rendevano particolarmente attraente, e si capiva che lui era consapevole di questo fascino. Durante le poche volte che aveva scambiato qualche parola con lui, aveva avuto l'impressione di trovarsi di fronte a un uomo pieno di vitalità, ma per tanti aspetti piuttosto superficiale. Preferì non rispondere.

«Non so cosa fare».

«Ti ho detto il mio parere».

«Mi sembra una sciocchezza buttarsi in una cosa del genere. Io ho quasi cinquant'anni, ho tre figli – il grande ne ha quasi dieci, tra poco avrà la morosa, e sua madre intanto esce con un uomo».

«Hai quarantacinque anni. I tuoi figli penseranno sempre meno a te. E in ogni caso non serve che lo sappiano».

«Lui è uno che cambia donna ogni sei mesi».

«Non devi mica sposartelo».

«E di cosa stiamo parlando? Di una notte di sesso? Una botta e via?»

«Sì».

«Come sì?»

«Sì. Stiamo parlando di questo. Una cosa senza impegni, tra adulti. È un piccolo salto, che ti consente di riappropriarti di un aspetto della tua vita che non puoi continuare a trascurare. Sei una bella donna, attraente...»

«Se fossi brutta, dovrei rassegnarmi?»

«Non puoi invecchiare nel ricordo di tuo marito. Non credo che sia quello che lui avrebbe voluto per te. Una vita da suora. Non serve a nessuno. Neanche a proteggere la sua memoria. Lui era un uomo forte e intelligente».

«Non abbiamo mai parlato di questo, io e lui».

«Tu cosa avresti voluto, se....»

«Se mi fossi ammalata io? Non so, non riesco a immaginare una donna a casa mia, con i miei figli, sul mio letto, e che magari un giorno chiede di essere chiamata mamma».

«Non sarebbe successo. Tuo marito avrebbe saputo gestirla nel modo migliore – nel modo migliore per tutti. E in ogni caso, non credo che tu stia parlando di rifarti una vita – non adesso, e non con questo tizio».

«Sicuramente no. Mi sembra poco affidabile ».

«Proprio per questo non corri alcun rischio. Lui com'è?»

«È un bell'uomo. Un po' superficiale – lo vedi che ha in testa solo una cosa. Ma non è squallido, no. In certi momenti è quasi brillante. Il suo corteggiamento è ingenuo, smaccato, ma è allegro».

«È sexy?»

«Così mi fai sorridere! Non lo so. Non so dirlo. Non ho mai pensato agli uomini in questi termini. Mio marito non lo era affatto, e non è mai stato un problema».

«Ci sono uomini che si sposano, e altri con i quali...»

«Parli come se avessi esperienza...»

« Non ho esperienza, ma stiamo parlando di te. Sei una donna libera, senza vincoli sentimentali. Non serve che tu ti mortifichi in questo modo. Hai il diritto di avere una vita completa, sotto tutti i punti di vista. Anche i tuoi figli hanno bisogno di avere una mamma soddisfatta. È un modo per riaprirsi al mondo».

«Ma io continuo a pensare a mio marito».

«È un motivo in più per provare qualcosa di nuovo. La vita deve andare avanti. Hai ancora un sacco di anni da passare su questa terra. A chi servirebbe questa castità? A cosa?»

Il corteggiamento durò più di un mese. Non accettò il primo invito, ma al secondo si trovò in un bar della tangenziale con lui a bere un caffè alle quattro e un quarto del pomeriggio. Lo bevvero in piedi. Lui era su di giri, e continuava a scherzare. Sembrava poco interessato a quello che diceva lei, come se fosse chiaro che quelle chiacchiere erano solo i preliminari dei veri preliminari. Aveva una certa tendenza al doppio senso, che però camuffava un po' goffamente. Dava l'impressione di credere che nessuna donna gli avrebbe mai detto di no – e non tanto per le sue doti, quanto per l'idea che delle donne lui si era fatto. Alla cassa, le comprò quattro Ferrero Rocher. Si salutarono con un bacio sulle guance – fino ad allora, si erano sempre stretti la mano, come due professori delle medie.

Il successivo appuntamento fu uno spritz alle sei di sera, nel bar centrale di un paese poco fuori Padova. Lui sembrava molto attento a scegliere luoghi che non lo compromettessero. Le parlò del suo matrimonio, di come sua moglie non fosse più in grado di farlo felice, di come, tra loro, non ci fosse più *sentimento*; quelle storie, tuttavia, sembravano far parte di un copione che aveva messo a punto una decina d'anni prima e che, visto il successo riscosso, riproponeva ad ogni replica. C'era qualcosa di meccanico, in quel corteggiamento – come se da qualche parte esistesse un negozio dove era possibile comprare le istruzioni di come si monta un armadio, una libreria, o una donna. Lo spritz era annacquato, ma lei non era abituata a bere; iniziò a girarle la testa, e non riusciva più a capire le sue battute. Lui continuava a passarsi le mani tra i capelli, tirandosi su un ciuffo nero e ricciolo che a comando gli scivolava sugli occhi verdi. Si salutarono con un bacio in bocca, davanti alla macchina di lei: non credeva che potesse succedere tutto così in fretta. La sera lui le mandò un SMS nel quale diceva che c'era la luna piena, e lui non riusciva a non pensarla; lo ricevette mentre stava pulendo il culetto del bimbo piccolo, che da due giorni aveva la diarrea, e non seppe cosa rispondere.

Il terzo appuntamento fu a pranzo, un giorno in cui c'era consiglio di classe nel primo pomeriggio. Sua suocera, con la quale aveva mantenuto un buon rapporto, era andata a prendere i bambini a scuola. Presero un panino e un'acqua tonica. Per metà del pranzo, lui parlò con un pezzo di melanzana tra i denti. Ogni tanto le prendeva le mani tra le sue e gliele carezzava. Parlava come un ragazzo bugiardo di diciotto anni, ma il suo corpo aveva un fascino genuino e un po' selvatico. La linea delle sue labbra era sensuale; gli occhi erano profondi. Aveva un buon odore, di pulito: per un attimo pensò a sua moglie che gli lavava i vestiti, inconsapevole di quegli appuntamenti, ma fece fatica a immaginarla: ci sono donne che si sposano, e altre con le quali... Al momento di pagare, lui fece finta di voler offrire, ma non oppose nessuna resistenza quando lei disse che non poteva accettare: entrambi sapevano che aveva una famiglia da mantenere, e che il suo stipendio non gli consentiva di ovviare quei piccoli vizi. Una volta usciti, dopo aver dato un'occhiata in tutte le direzioni, lui provò di nuovo a baciarla, ma lei lo bloccò. Non qui, gli disse, ma avrebbe voluto dire: no e basta. Lui le chiese dove. Lei rispose che non sapeva. Lui iniziò a parlare di una pensioncina fuori città dove... Lo fermò, e gli disse di lasciare perdere: lei era una mamma con tre figli, e certe cose non le interessavano. Se ne andò senza salutarlo.

A casa, però, quella sera, si sentiva turbata. Per la prima volta dopo tanti anni qualcuno la stava guardando per quello che era: una donna attraente, sessualmente attiva, libera da legami sentimentali. Anche se faceva fatica ad ammetterlo, il suo ardore un po' ingenuo le piaceva. Era lusingata da quelle attenzioni – la banalità con la quale si esprimevano era riscattata da un impeto sincero. D'altra parte quell'uomo non le stava chiedendo di sposarlo: voleva *semplicemente* fare l'amore con lei. Ma lei non aveva mai fatto l'amore con nessun uomo oltre a suo marito. Prima di lui, aveva avuto alcuni fidanzati con i quali non si era mai spinta oltre al bacio. Era timida, da ragazzina – educazione un po' rigida. La prima volta che l'aveva fatto non le era piaciuto, ma le sembrava piuttosto scontato che fosse così.

Alla fine, accettò. Per un mese lui continuò a corteggiarla. Le chiese di iscriversi a Facebook in modo che potessero chattare, il pomeriggio (la moglie, aveva scoperto, lavorava tutti i giorni fino alle sei di sera); lei dapprima rifiutò ma poi, quando accettò, subito si pentì: passarono alle mail. Quelle che riceveva erano piene di errori e ondeggiavano tra sentimentalismi da liceo e doppi sensi così sciocchi da farla innervosire. Lei passò sopra a queste manchevolezze, e alla fine si accordarono per vedersi un pomeriggio, a casa di lei. Chiese a sua suocera di tenere i bambini – disse che c'era un corso di aggiornamento che non poteva saltare. Quando li salutò, la mattina, le tremarono un po' le gambe. A scuola lui la vide e le fece l'occhiolino; a lei venne voglia di mandare tutto a monte, ma si trattenne.

Poco prima che arrivasse, scelse un completo intimo che aveva comprato qualche mese prima dietro consiglio di un'amica. Vide, riflesso nello specchio, il suo corpo nudo e si sentì il cuore in gola: cosa stava facendo? Cosa stava offrendo a quell'uomo, e cosa stava prendendo in cambio? Poco prima che arrivasse, si fece un bidè. Lasciò la porta della cucina aperta, perché temeva che si sentisse ancora l'odore delle patatine fritte che aveva cucinato la sera prima. Era indecisa se tenere le scarpe o rimanere con le ciabatte, e se nascondere la foto di lei con suo marito: le sembrava di cattivo gusto lasciarla in vista, ma sentiva come un tradimento toglierla.

Arrivò. Sembrava imbarazzato. Gli offrì un gingerino che aveva comprato qualche giorno prima, e due salatini, come se fossero a una festa delle medie. Dal giardino arrivava il verso instancabile di un uccello – un beccofrusone che aveva fatto il nido là fuori. Rimasero seduti in cucina per dieci minuti, senza sapere cosa dire. Lui ogni tanto la guardava, si passava un pollice sulle labbra, come forse aveva visto fare a qualche attore di un film porno, e poi socchiudeva gli occhi. Era come una sala d'attesa, dove ognuno aspettava il proprio turno. Chi avrebbe dovuto prendere l'iniziativa? Lei, che non l'aveva mai presa? Gli chiese se voleva che si spostassero in salotto, e lui annuì. Quando furono in piedi, lui si avvicinò a lei, e la strinse a sé, con vigore; lei gli passò le braccia attorno e con le mani accarezzò la schiena muscolosa, i capelli lunghi sulle spalle, la nuca – ecco, dunque, un uomo, lì, a casa sua, in cucina, tra le sue braccia, ecco il suo odore, la consistenza della carne. Lui le baciò il collo, le orecchie, il viso, la bocca, passando sulla sua pelle la guancia ruvida, la barba di due giorni, e intanto le stringeva le natiche, con forza, e la spingeva a sé. L'immagine di suo marito – quell'uomo pelatino e magro che l'aveva sposata, che le aveva dato tre figli, che era morto in meno di sei mesi – era come un sogno nel quale le persone non avevano nome, e cambiavano volto. Dov'era, in quel momento? Cosa stavano guardando i suoi occhi grandi e smarriti? Le pareva di sentire la sua voce che le diceva *ti amo*, ma non capiva se era un invito a fermarsi o a continuare. Il professore di ginnastica, intanto, aveva spostato le mani sul davanti, e le stringeva il seno, e le sussurrava parole incomprensibili. Le alzò la gonna, le abbassò le calze, le scostò le mutandine e le fece scivolare un dito dentro; intanto la baciava, e sembrava che volesse succhiarle l'anima, da lì sopra. Quei movimenti convulsi, quella lingua, quelle mani, non avevano nessun senso nel suo mondo: lei era una madre, una vedova, una professoressa delle medie, una nuora fedele al ricordo del suo matrimonio; ma quelle mani, il dito entratole nel corpo attraverso la fessura umida e segreta che solo suo marito aveva conosciuto, quell'ansimare che si confondeva con il suo, la stavano travolgendo – era l'acqua di una diga crollata sotto i colpi di un desiderio antico e irresistibile. Non era amore, questo lo sapeva; ma quei due corpi abbracciati in cucina, accompagnati dal verso lontano del beccofrusone, avevano, dell'amore, tutto l'impeto e la forza. E non era felicità: non assomigliava al giorno del suo matrimonio, al parto dei bambini, a una pizza preparata tutti insieme il sabato sera – i nasini dei bimbi sporchi di farina, il forno caldo, il tavolo apparecchiato in salotto –, ma aveva l'impellenza di un dovere primordiale, la ferocia di una caccia frenetica e selvaggia, la potenza di una lotta scomposta per la sopravvivenza. Lei portò la mano sul davanti dei pantaloni, gli abbassò la cerniera, infilò la mano dentro e strinse il suo sesso. Fu sorpresa da quanto era grosso. E all'improvviso, come uno sgambetto, tornò il ricordo dell'ultima notte in cui aveva fatto l'amore con suo marito – due coccole, una penetrazione, un ansimare breve, l'asciugamano a portata di mano, un colpo di tosse – e le parve che il confronto con quella schiena, con quei baci frenetici, con quel cazzo enorme che ora stringeva tra le mani, fosse un'umiliazione che suo marito non avrebbe mai potuto reggere, o dovuto subire: ovunque fosse in quel momento, ora sapeva che l'amore che le aveva portato per anni era stato buono, dolce, ma del tutto privo di quell'ardore. E le venne da piangere perché suo marito spariva nel buio dei morti, e le venne da piangere perché quell'uomo entrava dentro di lei, e la sbatteva con la forza di una bestia; ma suo marito era morto, e lei no – il corpo nudo, con le gambe aperte e la testa buttata indietro, era ancora da questo lato del fossato, in questo mondo di sudore e carne, in questa specie di vitale inferno pieno di desiderio e calore. E in quel pianto, tra le lacrime, nell'orgasmo che montava, sentiva, dopo tanti anni di dolore, di essere di nuovo viva.

Cinque minuti

Una notte, a Modena, al secondo piano di una casa in via Gallucci, con la finestra che dà sulla strada, aperta su un vociare spensierato di ragazzi e ragazze, mentre il termometro segna più di trentacinque gradi, all'una, in luglio, e io sono quasi disteso sul letto, con lo stomaco pieno, dopo aver mangiato tortelli e filetto al pepe verde e panna cotta, dopo aver bevuto un litro di vino rosso in tre, il dolce accompagnato dall'amaro della casa che la proprietaria del ristorante ha offerto in una bottiglia con un'etichetta fatta a mano (semplicemente "Nocino, 40°"), proprio nel momento in cui la sorella della proprietaria (quella *meno* elegante) si è asciugata il viso con la traversina prima di baciare un vecchio amico, nell'appartamento aziendale (*non la sorella*), all'una di notte, con una bottiglia di Zedda Piras sul tavolo, ancora ghiacciata, un libro di Wallace di mille pagine appoggiato su una mensola della libreria, il letto che poco prima è stato estratto dalla libreria fino ad occupare più di metà della stanza, la televisione spenta, la vicina (che si dice sia bellissima) completamente zitta – nessun suono di mitici rapporti sessuali – solo il rumore dei ragazzi e delle ragazze nella strada che si stanno salutando, castamente, e si dicono «A domani, allora» – disteso (io) sul letto, molto stanco per una settimana piena di lavoro, con le zanzariere tirate giù, le imposte aperte, il lampadario di vetro lavorato in una stanza della casa davanti, nel centro del mio campo visivo, la stanza un piano più in alto di questa, con le luci accese (il lampadario nel centro del mio campo visivo), e non vedo cosa illumina, all'una e mezza di notte, nel 2007, prima delle vacanze, lontano da casa, con la biografia di Oppenheimer dentro la valigia, l'angolo della pagina 103 piegato, il discorso sul futuro della scienza nell'era post-atomica letto fino a metà, il dorso del libro appoggiato a una camicia azzurra con le maniche lunghe, dentro alla valigia in un buio che se lo voglio vedere non c'è più, la cravatta arancione che pende dall'appendiabiti, la giacca blu anche lei appesa all'appendiabiti, in attesa (*non la giacca*) di sapere, tra qualche pagina, se la donna (*di Wallace*) si sta *davvero* suicidando con la mega pipetta di crack nel bagno della sua amica camuffata da Marx (gli invitati molto brillanti chiacchierano balbettando la prima sillaba di ogni frase, come si fa nelle migliori Università americane della costa Est), i pantaloni blu aggrappati a un pomello dell'appendiabiti, un po' stropicciati, il portafoglio dietro, nella tasca sinistra, le chiavi di casa davanti, in quella destra, perché *non diano fastidio*, in mutande e maglietta, con il tronco inclinato, la testa appoggiata alla mano, il gomito appoggiato al cuscino, il fianco destro disteso sul letto, la gamba sinistra piegata, il piede sinistro appoggiato al ginocchio destro, con gli occhiali addosso, i boxer blu, la maglietta bianca, la dialettica spiazzante di Oppenheimer ancora in mente, i bicchierini sporchi di Zedda Piras sul tavolo, una notte d'estate, un giovedì, a Modena, *dicevo*, il mio collega di lavoro, Antonio, la persona che vive abitualmente in questa casa in via Gallucci durante la settimana, dal lunedì al venerdì, con addosso solo un paio di mutande nere, un tatuaggio sul braccio destro, uno sul polso, uno sul polpaccio, trentasei anni, sta imitando Julio Iglesias, il cantante che era stato un portiere del Real o un torero o entrambe le cose, muovendo le mani *esattamente* come faceva lui quando cantava, la mano destra tremolante sul cuore, due figlie, lo sta imitando, *dicevo*, mentre io, disteso sul letto, *quasi disteso*, rido da almeno cinque minuti. Rido, perché se la vita fa schifo, stasera ha fatto un'eccezione.

Indice

Collana **Iena**

1. *E morirono tutti felici e contenti*, AA.VV. – a cura di Massimo Avenali *(II ed.)*
2. *Tre Io,* Mario Rossi
3. *I cani là fuori,* Gianni Tetti
4. *Antropometria,* Paolo Zardi
5. *Trema la terra*, AA.VV. – a cura di Isabella Tramontano
6. *Le 13 cose*, Alessandro Turati
7. *Il giorno che diventammo umani*, Paolo Zardi

Collana **Potlach**

1. *Palace of the end,* Judith Thompson
2. *L'uomo che viaggiava con la peste,* Vincent Devannes
3. *Il sale,* Jean-Baptiste Del Amo

Collana **Intimate**

1. *La mia Waterloo ventricolare,* Roberto Di Egidio
2. *Poesie antirughe,* Alessandra Racca *(III ed.)*

Collana **Dry**

1. *Gobbi come i Pirenei*, Otello Marcacci *(II ed.)*
2. *Quattro soli a motore,* Nicola Pezzoli

Collana **i Nei**

1. *Coi binari fra le nuvole (cronache dalla Transiberiana d'Italia)*, Riccardo Finelli *(II ed.)*
2. *Circo Itaglia*, Pep Marchegiani
3. *Guida alla vita laica*, Roberto Anzellotti

Finito di stampare nel mese di maggio 2013
presso Geca S.p.a. – Cesano Boscone (MI)
per conto di Neo Edizioni
Printed in Italy
Impaginazione e prestampa: Lucio E. Berardinelli

Ristampa				Anno			
3	2	1	0	2013	2014	2015	2016